Unser P-Seminar:

Magnus Winkler, Nadine Fischer, Johanna Liebl, Sarah Kappel, Lucie Geelhaar, Melina Hager, Sebastian Paintner, Luzie Huber (oben von links)

Maja Weise, Martha Urban, Kim Nguyen, Luisa Graf, Marie-Luisa Schneider, Karoline Lutz (unten von links)

Von Sommerduft und Mödergruft

Ein Projekt des P-Seminars „Kurzprosa"

Q12, Josef-Effner-Gymnasium Dachau

www.tredition.de

Impressum
© 2013 P-Seminar Deutsch des Josef-Effner-Gymnasiums Dachau unter
der Leitung von Sebastian Paintner (Hrsg.)
Autoren der Kurzgeschichten: Nadine Fischer, Lucie Geelhaar, Luisa Graf,
Melina Hager, Luzie Huber, Sarah Kappel, Johanna Liebl, Karoline Lutz, Thuy „Kim" Nguyen, Marie-Luisa Schneider, Martha
Urban, Maja Weise, Magnus Winkler

Umschlaggestaltung, Illustration: Johanna Liebl, Karoline Lutz, Luzie Hu-
ber
Lektorat, Korrektorat: Lucie Geelhaar, Martha Urban, Maja Weise, Sarah
Kappel, Kim Nguyen, Nadine Fischer, Magnus Winkler

Verlag: tredition GmbH, Hamburg
ISBN: 978-3-8495-2479-1
Printed in Germany

Bibliografische Information der Deutschen Nationalbibliothek:
Die Deutsche Nationalbibliothek verzeichnet diese Publikation in der
Deutschen Nationalbibliografie; detaillierte bibliografische Daten sind im
Internet über http://dnb.d-nb.de abrufbar.

Inhalt

Vorwort

Sie halten ein Buch in den Händen, welches durchgehend von Schülern und Schülerinnen verfasst und gestaltet wurde.

Aber warum diese Arbeit? Warum so viel Zeit in ein Schülerprojekt investieren?

Betrachtet man den Deutschunterricht am Gymnasium, stellt man schnell fest, dass schon ab der Unterstufe die eigene Kreativität und Schaffenskraft von Sachtexten und Analysen verdrängt wird. Die primäre Arbeit der Kinder besteht über lange Jahre darin, Texte zu lesen und die sprachliche Gestaltung anderer Autoren zu hinterfragen.

Texte erschließen und verstehen können ist natürlich eine wichtige Fähigkeit, um im weiteren Leben die Absichten, die z.B. hinter einem Zeitungsartikel stehen zu durchschauen. Aber wird dadurch die Liebe zur Sprache, zum Lesen und zum eigenen Schaffen geweckt? Eher nein, denn das stupide Suchen nach Allegorie, Alliteration oder Allusion wird so zum Selbstzweck und nicht selten stellen mir die Schüler dann die berechtigte Frage: „Woher wollen Sie denn wissen, dass der Autor hier absichtlich ein Stilmittel verwendet hat?"

Genau diese Problematik brachte mich auf die Idee, im Rahmen des P-Seminars in der Oberstufe des bayerischen Gymnasiums ein Buch mit Kurzgeschichten verfassen zu lassen. Kurzgeschichten, die spannend, rührend, brutal, lustig oder traurig sind – aber immer sprachlich überzeugend gestaltet.

An dieser Stelle möchte ich auch Ko Bylanzky danken, der sich dazu bereit erklärte, zu uns an die Schule zu kommen, um einen Poetry-Slam-Workshop mit den Teilnehmern des Seminars zu veranstalten. Es war eine unglaubliche große Hilfe für die Schüler, von einem erfahrenen Autor Tipps und Tricks zu erhalten, wie man rhetorische Mittel sinnvoll und zielgerichtet einsetzt, um dem eigenen Text Wirkung zu verschaffen.

Bedanken möchte ich mich vor allem aber auch bei den Schülern des Seminar, welche mit Engagement und Kreativität dazu beigetragen haben, dass ich zwei Jahre gerne am Nachmittag in der Schule war und jetzt voller Stolz dieses Buch präsentieren darf! Danke Nadine, Lucie, Luisa, Melina, Luzie, Sarah, Johanna, Karoline, Kim, Marie-Luisa, Martha, Maja und Magnus!

Aber nun genug der Worte an dieser Stelle! Blättern Sie um und sehen Sie selbst, welche Kreativität und welche Fähigkeiten in den Jugendlichen schlummern!

Sebastian Paintner

Freiheit

Begegnung

von Martha Urban

Sie stand da. Alleine. Verlassen. Viele Menschen liefen hektisch an ihr vorbei. Doch sie war endlich frei. Sie hatte es geschafft. Der Plan der letzten Wochen war aufgegangen. Es war 7°° in der Früh, vor genau zwei Stunden hatte sie heimlich ihre Sachen gepackt und war davongelaufen. Raus aus dem Chaos. Weg von dem Stress.

Hätte ihr jemand vor einem Jahr gesagt, dass sie heute ausreißen würde, weil sie es einfach nicht mehr aushielt, hätte sie lachend den Kopf geschüttelt und es nicht geglaubt. Sie musste grinsen. Es war einfach so absurd. Sie, Marina Hess, 17 Jahre alt, stand an einem Mittwoch um 7°° in der Früh am Kölner Bahnhof. Es tat gut zu lachen, die ganze Anspannung löste sich. Wann hatte sie zum letzten Mal wirklich gelacht? Nicht dieses gezwungene Lachen, dass man aus Höflichkeit vorspielt, weil jemand einen Witz gemacht hat. Nein, das Lachen das schon fast weh tut, weil man nicht mehr aufhören kann. Hätte sie lachen sollen als ihre Eltern sich trennten? Hätte sie lachen sollen, als Max ihr sagte, er liebe sie nicht mehr? Das waren noch die besten Momente der letzten Monate, an die sie sich erinnerte. Da dachte sie noch, es wäre schlimm ein Scheidungskind zu sein, schlimm Max nie wieder küssen zu dürfen. Doch dann verschwand ihre Mutter, das einzige, was sie noch von ihr hatte war der Brief, in dem sie erklärte, dass sie mit ihrem neuen Freund jetzt in München wohnte und Abstand zu ihrem alten Leben brauchte. So in ein, zwei Jahren würde sie sich aber über einen Besuch von ihrer geliebten Tochter freuen. Geliebt? Warum verschwand Mama dann, wenn sie mich so sehr liebt? Marina musste immer noch lachen. Warum lügt jeder? War es nicht einfacher die Wahrheit zu sagen? Auch ihr Vater gab immer noch nicht zu, ein Problem mit Alkohol zu haben. Obwohl er jeden Abend betrunken in die Wohnung kam, gab er es nicht zu. Über ihre Wange lief nun doch eine Träne, gleichzeitig musste sie lachen. Das konnte doch nicht wahr sein? Wieso könnte sie nicht einfach aus diesem Albtraum aufwachen und alles wäre so wie früher? Ihre Augen füllten sich mit Tränen. Eine nach der anderen kullerte über ihr Gesicht und fiel dann auf den harten Bahnhofsboden. Ihr Lachen wurde zum Schluchzen. Menschen liefen vorbei ohne sie zu beachten. Plötzlich wurde ihr schlecht. Mit schnellen Schritten ging sie in Richtung Toiletten.

Er stand da. So glücklich wie schon lange nicht mehr. Mit gepacktem Rucksack hatte er sich genau vor zwei Stunden auf den Weg hierher gemacht. Raus aus dem Chaos. Weg von der Trauer, die über seiner Familie lag. Er hatte es seinen Eltern gestern beim Abendessen gesagt, dass er heute weg fahren würde. Weil er Abstand brauchte. Seine Mutter hatte ihn nicht einmal angeschaut, als sie fragte was dann mit der Schule sei. Er wollte gerade antworten, als ihm sein Vater zuvor kam. Unter Schluchzen wies er darauf hin, dass sein Bruder niemals die Schule geschwänzt hätte, es aber jetzt sowieso nicht mehr machen konnte, weil er ja tot war. Tot. Richtig, sein Bruder war tot und das war schlimm. Aber es war schon ein halbes Jahr her. Musste er deshalb sein ganzes Leben lang traurig sein, weil er jetzt tot war. Durfte man nie wieder lachen? Er hatte seinen Bruder sehr geliebt und konnte es immer noch nicht fassen, dass er jetzt einfach nicht mehr da war. Nie wieder würden sie zusammen am Computer zocken, nie wieder zusammen Basketball spielen. Er bekam ein flaues Gefühl wenn er daran dachte und seine Finger fingen wieder an zu zittern. Wann würde das aufhören? Würde er je wieder von den Schmerzen befreit werden? Einfach ohne Sorgen und Trauer durchs Leben laufen. Frei sein. Ging das überhaupt? Er drehte sich gerade um als ein Mädchen ihn anrempelte. „Tschuldigung!", rief sie ihm schluchzend zu und rannte weiter zu den Toiletten. Ihre Blicke hatten sich kurz getroffen und er sah ihre verquollenen Augen. Was sie wohl hatte? Vielleicht einen Zug verpasst oder ihr Freund hatte Schluss gemacht und jetzt dachte sie, das wäre das schlimmste auf der Welt. Wenn sie nur wüsste. Und er ging die Treppen hoch zu den Zügen.

Sie übergab sich. Viel zu oft. Doch es war befreiend. Auf dem Weg hierher hatte sie mehrere Menschen angerempelt, ausversehen, doch niemand hatte ihr geholfen. Kurz vor den Toiletten war sie gegen ein Jungen gelaufen. Ihre Blicke hatten sich kurz getroffen und sie sah hinter seinem Lächeln die traurigen Augen. Vielleicht hatte er einen Zug verpasst oder seine Freundin hatte mit ihm Schluss gemacht und jetzt dachte er das wäre das schlimmste auf der Welt. Wenn er nur wüsste. Doch jetzt musste sie zu ihrem Zug. Das Ticket hatte sie vorher gekauft. Gleis 20, Regional Bahn nach Hamm. Ihr erster Zwischenhalt auf dem Weg nach Hamburg. Was sie dort dann machen wird, würde sie spontan entscheiden. Ist das Freiheit? Nicht zu wissen wo man in zwei Stunden ist oder wo man heute Nacht schläft. Einerseits war es ein schönes Gefühl, andererseits beängstigend. Der Zug stand schon da und sie stieg ein.

Er musste zu Gleis 20. Sein erster Stopp war Hamm und dann wollte er in Richtung Hamburg. Wo er heute Nacht schlafen würde wusste er noch nicht, aber das war genau das was er wollte. Frei sein. Spontan entscheiden wo er hin läuft. Trotzdem fühlte er sich alleine. Schön wäre es jemanden dabei zu haben. Jemanden wie sein Bruder. „Hör auf", sagte er zu sich selbst und stieg in den Zug ein. Es war ganz schön voll, doch er ergatterte noch einen Zweiersitz. Seinen Rucksack packte er hoch auf den Gepäckhalter. Zufriedenließ er sich in den Sitz fallen. Wer weiß wer mir begegnet. Hamburg ich komme, dachte er und lächelte.

Sie stand ewig im Gang bis endlich jeder sein Gepäck verstaut hatte. Der Zug war ganz schön voll, aber vielleicht bekam sie noch einen Zweiersitz. Doch es war hoffnungslos, sie musste sich zu irgendjemandem dazu setzen. Ganz vorne sah sie noch einen freien Platz. Nach dem sie ihren Rucksack auf dem Gepäckhalter verstaut hatte, setzte sie sich hin. Sie drehte ihren Kopf und lächelte ihrem Sitznachbarn zu. Es war der Junge von den Toiletten. Er lächelte immer noch, doch sie erkannte seinen traurigen Blick.

Es setzte sich jemand neben ihn. Sie verstaute erst ihren Rucksack auf dem Gepäckhalter und als sie sich setzte lächelte sie ihm zu. Es war das Mädchen von den Toiletten. Ihre Augen waren immer noch verquollen, obwohl man ihr ansah, dass sie nun versuchte durch ihr Lächeln die Traurigkeit zu überspielen. Wo sie wohl hinfahren würde? Ob sie sich genauso frei fühlte wie er.

Beide schauten aus dem Fenster und sahen den Zug aus dem Bahnhof fahren. Er wurde immer schneller und irgendwann erkannte man nichts mehr.

Er drehte sich zu ihr um und fragte: „Und wohin fährst du?"

Der letzte Schritt
von Lucie Geelhaar

„Haben Sie noch irgendetwas zu sagen, Mr. Johnson?", fragte der Henker, den Finger schon an dem Schalter. Es sah so aus, als ob er es nicht erwarten konnte, die Bewegung auszuführen, die das Schicksal Richard Johnsons besiegeln würde. Es war ein Tag, an dem die Sonne schien, eigentlich ein schöner Tag. Doch ich starrte den Mann auf der Liege mit den Schläuchen im Körper an und verfluchte im Stillen, dass ich überhaupt gekommen war. Mein Pflichtgefühl sagte mir, dass dies auch ein Teil meines Jobs als Detektiv war, aber der Fall „Johnson" berührte mich, da er mein erster gewesen war. Ich fühlte mich für ihn verantwortlich.

„Ich habe lange darüber nachgedacht, was meine letzten Worte sein sollen, da es ja schon ein Privileg ist, die Chance zu bekommen, sie auszusprechen." Seine Stimme klang brüchig und leise, besaß aber Aufrichtigkeit und eine charismatische Stärke, die auch mit seinem Aussehen im Einklang stand. „Kaum einer weiß, wann genau er sterben wird, geschweige denn wie. In diesem Sinne habe ich doch Glück, nicht wahr? Ich durfte mich durch meinen Pfarrer von meinen Sünden befreien, mein letztes Mahl, meine letzten Worte und sogar meine Sterbeart wählen. Wer kann das schon von sich behaupten?", fuhr er fort. Es überraschte mich sehr, ihn sprechen zu hören. Genau genommen war es das erste Mal, dass er überhaupt sprach, seit ich ihm begegnet bin: Blutverschmiert saß er neben der Leiche seiner Frau und hielt ihre Hand. Er sagte niemals etwas. Nicht als er beschreiben sollte, was vorgefallen war, nicht als er ihres Mordes beschuldigt wurde, nicht als er verurteilt wurde und auch im Gefängnis sagte er kein Wort, soweit ich wusste. Durch den Umstand, dass er schwieg, war die Beweislast noch erdrückender geworden. Ich fand jedoch heraus, dass seine Frau, Abgeordnete im Staat Florida, eine Affäre mit Richards bestem Freund gehabt hatte. Dieser berichtete von einem Streit, bei dem Johnson ihn wegen der Affäre zur Rede stellte. Somit war der Fall klar: Richard Johnson ermordete seine Frau aus Eifersucht.

Er starrte mir direkt in die Augen – eine Intensität im Blick, die mir zeigte, dass er die volle Wahrheit durchschaut hatte -, als er weitersprach: „Kein Mensch der Welt würde eine andere Vorgehensweise wählen, wenn er an meiner Stelle gewesen wäre. Ich hoffe, meine Tat wird als das gewürdigt werden, für das ich hier nun sterbe." Als er dies ausgesprochen hatte, schweifte sein Blick zu dem Henker ab, der schon sehnsüchtig darauf wartete, endlich das Urteil zu vollstrecken und zu seiner eigenen Frau nach Hause zurückzukehren. Auch im Zuschauersaal hörte ich einige Seufzer, als Johnson seine Überzeugung von der Tat preisgab. Alle starrten ihn an und in ihren Gesichtern konnte man das Entsetzen lesen, die diese Worte ausgelöst hatten. Doch meine eigene Überzeugung geriet ins Wanken, während er nun mich direkt ansprach: „ Ich bereue es nicht hier zu sterben, denn ich werde zu meiner geliebten Jane gehen. Aber bitte, unser Sohn ist doch erst zwei Jahre alt und schon eine Waise. Kümmere dich um ihn ... Sie hat ihn sehr geliebt!" In diesen Worten steckte so viel Gefühl, Aufrichtigkeit und Liebe, dass mein Triumph ins Wanken geriet und umschlug. Die weiteren Minuten nahm ich nur verschwommen wahr. Es dauerte erstaunlich kurz, nur wenige Minuten, in denen er den natürlichen Kampf gegen den Tod ausfocht. Doch jeder muss sterben, wie er selbst schon festgestellt hatte, und sein Tod war bedeutend, das wurde mir jetzt klar.

Wie in Trance stand ich auf und begriff, was dieser Mann getan hatte. Er verursachte ein Gefühl, was ich vor langer Zeit das letzte Mal spürte. Als ich aus dem Saal trat und die Sonne auf dem Gesicht fühlte, musste ich lächeln. Ich hatte begriffen. Mein letzter Gedanke, bevor ich die Waffe zog und an meine Schläfe hielt, war: Geliebte Jane, nach all den Jahren bin ich frei von meinen Rachegelüsten, ihr habt es verdient.

Dann drückte ich ab.

Die Flucht

von Marie-Luisa Schneider

Es war später Nachmittag und noch immer war sie erfolglos geblieben. Sie lief an der U-Bahn-Haltestelle am Cottbusser Tor vorbei, weiter an den verschiedenen Ramschläden, an Fensterscheiben, die aussahen, als seien sie seit Jahren nicht geputzt worden, an dem Geschäft, das die schrecklich geschmacklosen, rosanen und glitzernden Plastikkleider für Kinder verkaufte, bis zum Türkischen Markt, der demnächst schloss und dessen Händler nun ihre übriggebliebene Ware laut rufend zum halben Preis anboten.

Das Fahrrad hatte sie heute Morgen mitgenommen. Klauen, fand sie, war nicht der richtige Ausdruck. Schließlich hatte es ein junger Mann einfach so stehen gelassen, als er sich in der Bäckerei einen Kaffee kaufte. Es war Mitte September, die Nächte wurden wieder kälter und ihre alte Winterjacke, die sie in ihrem ersten Jahr auf der Straße vor sieben Jahren gekauft hatte, stank nun so entsetzlich, dass selbst sie es nicht mehr aushielt. Sieben Jahren in nach Urin und Erbrochenem stinkenden Ecken waren an beiden nicht spurlos vorbeigegangen. Das Fahrrad versuchte sie für dreißig Euro zu verkaufen, das Geld musste reichen für eine anständig wärmende Jacke. Für Außenstehende sah es vielleicht aus, als würde sie in Freiheit leben, doch sie sehnte sich sehr nach einem warmen Bett mit frisch gewaschener Bettwäsche.

Sie lief weiter und verlor sich in einem Tagtraum von großen Buffets und warmen Badewannen. Urplötzlich wurde sie von einem lauten Kreischen aus diesen Gedanken gerissen. Eine junge Frau schrie laut auf, als der Obststand eines türkischen Händlers durch einen durchrennenden Mann zerstört wurde. Schon beim ersten Blick erkannte sie ihn. Ihr Herz fing an zu rasen. Er kam genau auf sie zugerannt. Ihr größter Albtraum, seit Nils vor vier Monaten gestorben war. Geld wollte er, Geld, das Nils ihm geschuldet hatte, Geld, für das sie als Nils Freundin nach seinem Tod verantwortlich war, Geld, für das der Mann, der nun auf sie zugerannt kam, alles tun würde. Und das wusste sie. Ohne zu zögern sprang sie auf das Fahrrad und fuhr so schnell sie konnte durch die Menschenmassen, fuhr einen kleinen Jungen an, fiel vom Fahrrad, augenblicklich war ihre Hose am Knie voller Blut, schwang sich wieder auf das Fahrrad, fuhr ohne nach hinten zu schauen, bis sie an eine Tankstelle kam, an der gerade ein Mann, Ende dreißig, in sein Auto stieg. Sie ließ das Fahrrad auf den Boden fallen, rannte zur Beifahrertür, riss sie auf und setzte sich ins Auto. Mit von Angsttränen überströmten Gesicht und blutiger Hose fing sie panisch an, den Fahrer anzuschreien:"Fahr weg, bitte, bitte, fahr weg, schnell, fahr mich weg, egal wohin!". Vollkommen perplex ließ dieser sofort den Motor an, fuhr aus der Tankstelle auf die Straße. Ihr Körper lockerte sich nur langsam wieder, sie fing laut an zu schluchzen, die Erlebnisse der letzten Monate hatten sie zu sehr mitgenommen und all das schien jetzt auf einmal aus ihr herauszukommen. Auch ihr Fahrer schien noch etwas verwirrt. Vorsichtig fragte er:"Wie weit soll ich dich denn jetzt eigentlich mitnehmen?". Er klang freundlich und schaute sie mitleidig an. „So weit wie möglich, hier hält mich nichts.", flüsterte sie unter ihren Tränen hervor. „Bis zum Gardasee könnte ich dich mitnehmen." Und ohne zu zögern sagte sie ja. Als sie eine Weile gefahren waren, sagte er:"Ich will nicht aufdringlich sein, aber vielleicht willst du mir erzählen, was passiert ist?". „Das ist schwer zu erklären", antwortete sie. „Egal", erwiderte er, „fang von vorne an, wir haben genug Zeit!". Und dann fing sie an zu erzählen...

Frei

von Luzie Huber

Die Tür ging auf und er trat hinaus ins gleißende Sonnenlicht. Er streckte seinen Kopf nach oben, und blinzelte in das grelle Licht. Der Himmel war wolkenfrei und in tiefes Blau getaucht. Er wirkte, als könnte man einfach hineinspringen und von Allem wegschwimmen.

Wegschwimmen von den Problemen, das würde Jan gerne. Weg von seiner Einsamkeit, die ihn zu erdrücken scheint.

Die Einsamkeit, die er seit der Trennung verspürt. Seit damals – vor sieben Jahren - ist er Single. Er hatte damals gedacht er würde sich erst ohne eine Freundin richtig frei fühlen. Ohne seine Freundin. Ohne Klara.

Klara war wunderschön gewesen mit ihren dunkelbraunen, fast schon schwarzen, langen Locken und den smaragdgrünen Augen. Das große Muttermal auf der Nase und die vielen Sommersprossen auf ihrer hellen Haut hatte Jan am schönsten an ihr gefunden. Und ihr Lachen. Ihr klares und aufrichtiges Lachen, bei dem ihre makellosen Zähne zum Vorschein kamen.
Doch Klara hatte ihn eingeengt, sie hatte bestimmt wann er zu Hause sein sollte, hatte ihm hinterhergeschnüffelt, hatte ihm verboten etwas mit seinen Freunden zu unternehmen. Er sollte nur noch für sie da sein und jeden einzelnen Tag nur mit ihr verbringen. Andere Frauen durfte er nicht anschauen, geschweige denn mit ihnen reden.

Es brachte ihn zur Weißglut. Er fing an morgens früher zur Arbeit zu gehen und abends länger zu bleiben. Irgendwann hielt er es einfach nicht mehr aus mit Klara, denn sie engte ihn einfach ein und beanspruchte ihn zu sehr.

Genauso wie ihn jetzt seine Einsamkeit erdrückte und damals nach Klara seine Freiheit.

Wegschwimmen von seinen Gedanken an damals, von dem Hass, den er damals vor sieben Jahren verspürt hatte.

Hätte Klara Jan nur ein bisschen mehr Freiraum gegönnt, hätte alles so ganz anders laufen können. Dann könnten sie jetzt noch zusammen sein, Zeit miteinander verbringen und beide hätten ihre Freiheit und wären doch nicht einsam. Dann hätte Jan sie nicht aus seinem Leben verbannen müssen, und hätte auch ihr Leben nicht zerstören müssen.

Wegschwimmen von hier, weg aus dem Gefängnis, das ihn seit sieben Jahren nur selten für ein paar wenige Stunden freilässt - in die „Freiheit".

Ein letzter Hoffnungsschimmer

von Nadine Fischer

„Frei sein", seit Tagen schon denke ich nur noch daran, oder waren es Wochen? Ich habe jegliches Zeitgefühl verloren. In dieser gleichförmigen Umgebung, mitten im nirgendwo, wo sich nie irgendetwas verändert, lässt sich das nicht so genau sagen. Ich verlasse die schäbige Hütte und trete hinaus. Ich muss meine Augen mit der Hand schützen, denn die Sonne blendet mich. Er hat die Tür nicht abgesperrt. Er sperrt sie nie ab. Wozu auch? Es gibt kein Entkommen. Die nächste Zivilisation befindet sich meilenweit entfernt. Noch nie ist irgendjemand hier vorbeigekommen. Wie so oft, blicke ich hoffnungsvoll in alle Richtungen, ob nicht irgendwo eine Staubwolke am Horizont zu erkennen ist, die bedeuten würde, dass sich etwas nähert. Irgendjemand, der mich befreien kann. Aber das würde nie passieren. Ich gehe ein paar Schritte durch den Sand. Plötzlich fühle ich mich einfach nur noch kraftlos. Ich will doch nur wieder zurück, ich will wieder frei sein. Nachts statt der Grillen wieder den Verkehrslärm auf der Hauptstraße vor meinem Fenster hören. Ich schließe die Augen, und denke an Zuhause.

Ich wache auf, und rieche den vertrauten Duft von frischem Kaffee, der in mein Zimmer strömt. Meine Mutter ist also schon wach. Ich bleibe noch kurz liegen, und höre meinen Eltern zu. Ich verstehe keine Worte, aber das bekannte Murmeln beruhigt mich. Langsam stehe ich auf. Ich sehe nichts, weil die Rollläden zugezogen sind, doch ich kenne mein Zimmer in und auswendig. Ich bahne mir zielsicher meinen Weg durch den Raum und öffne die Tür. Helles Licht strömt mir entgegen und ich kneife meine Augen zusammen.

Als ich wieder etwas erkennen kann, fühle ich mich plötzlich schrecklich. Ich liege mitten in der Wüste. Meine Haare und Kleider kleben an meinem Körper, ich bin völlig ausgetrocknet. Ich rapple mich auf, und mache mich langsam auf den Weg zurück zur Hütte. Ich drehe den Wasserhahn auf, und trinke gierig von dem braunen Wasser, das durch meine Hände strömt. Als sich mein Durst gelegt hat, habe ich einen Entschluss gefasst. Keinen Tag länger werde ich es hier bei ihm aushalten. Er ist gerade weggefahren. Wohin weiß ich nicht. Ich habe schon oft stundenlang vergeblich nach dem Autoschlüssel gesucht, doch er trägt ihn immer bei sich. Ich suche eine Flasche, fülle sie mit dreckigem Wasser, und mache mich auf den Weg. Tief im Herzen weiß ich, dass ich es nicht schaffen kann. Doch ich habe das Bild meiner Eltern vor Augen und ich weiß, dass ich es versuchen muss. Auch wenn es noch so aussichtslos ist, ich will endlich wieder frei sein, und deshalb werde ich alles daran setzten, von hier wegzukommen. Wahllos laufe ich in irgendeine Richtung, man erkennt nichts, außer dem Hitzeflirren in der Ferne. Ich versuche Wasser zu sparen, doch viel zu schnell ist die Flasche leer. Mir wird schwindelig, schließlich falle ich hin. Nein, ich muss weitermachen. Plötzlich sehe ich eine Staubwolke auf mich zukommen. Ich muss aufstehen, Rettung naht. Mit letzter Kraft stemme ich mich hoch und schreie. Ich krächze so laut ich kann, und winke. Mein Mund ist wie ausgetrocknet. Der Fahrer hat mich gesehen. Das Auto kommt auf mich zu! Mein Herz zerspringt fast vor Freude. Ich werde wieder nachhause kommen, ich werde frei sein, ich werde meine Familie wieder sehen. Dann erkenne ich, wer am Steuer sitzt und breche erneut zusammen. Er hat mich gefunden. Der Alptraum wird nie ein Ende haben. Ich rolle mich im Sand zusammen, und schluchze. Tränen kommen nicht, dazu bin ich zu ausgedörrt. Ich spüre, wie jemand mich aufhebt und auf den Rücksitz eines Wagens legt. Erschöpft schlafe ich schließlich ein.

Normales Leben

von Magnus Winkler

Seit nunmehr fünf Jahren bitte ich schon um eine Versetzung. Irgendwohin, wo es ruhiger ist. Irgendwohin, wo ich auch nachts mal ein Auge zu machen kann. Irgendwohin, wo ich nicht jeden Tag um mein Leben bangen muss. Aber niemand scheint sich für mich zu interessieren. Niemand scheint sich verantwortlich für mich zu fühlen.

Aber nun alles von vorne. Das Job-Angebot war verlockend: Ein krisensicherer Beruf mit Festanstellung und Arbeit im Team. Besonders in Zeiten der Wirtschaftskrise klang das wie Musik in meinen Ohren. Die ersten Monate vergingen wie im Flug und ich war mir sicher meine Bestimmung gefunden zu haben.

Doch ich wurde eines besseren belehrt. In einer nassen und nebligen Novembernacht, verschied plötzlich und völlig unerwartet mein Kollege von nebenan. Als wäre das nicht schon schlimm genug für mich gewesen, erwischte es an einem verschneiten Dezembertag auch noch zwei weitere Mitarbeiter, die direkt neben mir Dienst hatten. „Sie waren einfach zur falschen Zeit am falschen Ort", versuchte ich mich zu beruhigen. Aber es half nichts. Mir wurde klar, dass ich jeder Zeit der nächste sein könnte. Besonders in den Wintermonaten, wenn es wieder vermehrt zu Unfällen kommt.

Mein Traum wäre es, den Rest meines Lebens an einer Stelle mit Tempoverminderung arbeiten zu dürfen. Aber hier will ich nur noch weg. Weg aus dieser verflixt engen und im Winter spiegelglatten Rechtskurve. Ich wünsche mir doch nur ein normales Leben als Straßenpfosten.

Stille

Wenn alles still ist

von Luisa Graf

In der Dunkelheit konnte man die Gestalt nur erahnen, die über das Feld lief und von der Nacht verschluckt wurde. Nichts und niemand waren wach um etwas zu beobachten oder zu sehen. Niemand würde sich jetzt für das alles interessieren, was passieren würde. Niemand scherte sich um die Gestalt die jetzt durch den Wald schlich. Es war der richtige Zeitpunkt gekommen.

Über Estelles Wange lief eine traurige Träne. Ihre Augen waren rot und unter ihren Fingernägeln hatte sich schwarzer Dreck angesammelt. Doch es war ihr egal. Sie klammerte sich an ein kleines Bündel, das sie ihm Arm hielt. Ihre Finger krallten sich so fest in den weißen Stoff, dass ihre Knöchel weiß anliefen. Sie war abgemagert, konnte nichts mehr essen oder gar schlafen. Eingefallene Wangen und dünne Ärmchen. Sie konnte nicht sagen wie sie es geschafft hatte, wie sie allein ein Baby auf die Welt gebracht hatte. Wie sie die schrecklichen Monate durchgehalten hatte. Wie sie sich wieder und wieder auf den Bauch geschlagen hatte nur damit es endlich aufhörte. Sie hatte schreckliche Angst gehabt, dass jemand nach ihr suchen würde, sie finden würde. Aber niemand hatte nach ihr gesucht. Niemand hatte sie vermisst. Insgeheim hatte sie wahrscheinlich darauf gehofft, dass ihr jemand helfen würde und für sie da sein würde. Aber wer sollte nach ihr suchen? Sie hatte keine Eltern, die ihr beistehen würden. Keine Freunde. Estelle war allein.

Der dunkle Wald machte Estelle Angst. Aber sie wollte es an einem Platz tun, der angemessen dafür schien. In ihrer Kindheit hatte sie oft hier gespielt. Als alles noch in Ordnung war. Sie war tagelang durch den Wald gelaufen und hatte die Tiere beobachtet, wie sie fraßen und sich um ihre Jungen kümmerten. Estelle hatte sich um Vögel gekümmert, die sich verletzt hatten oder aus dem Nest gefallen waren. Schon damals war sie ein Mensch, der nichts mit anderen Leuten zu tun hatte. Sie war schon immer auf sich allein gestellt. Denn Estelles Eltern waren schon tot seit sie denken konnte. Sie war im Heim aufgewachsen. Aber Familie eine war es nicht.

Sie hatte das Baby nicht umgebracht. Es kam schon tot auf die Welt. Kleine schlaffe Ärmchen und ein kalter Körper. Es hatte nicht geschrien, keinen Laut von sich gegeben. Estelle betrachtete das Baby sehr lange. Sie saß stundenlang vor dem toten Baby und überlegte wie es ausgesehen hätte wenn es 16, 30 oder 54 geworden wäre. Sie nannte es ‚Regen'. Estelle wusch das Baby und wickelte es in den weißen Stoff, dann begann sie zu Weinen.

Endlich erreichte sie die Lichtung. Hier wollte sie es tun. Es war ein schöner Ort, der mitten im Wald gelegen war, die Bäume ließen bei Tageslicht viel Sonne durch Baldachin, so dass das Gras glitzerte. Estelle kniete sich nieder und fing an zu graben. Mit den Händen schaufelte sie die lose Erde weg. Sie erinnerte sich nicht mehr genau an das was letzten Winter passiert war. Es musste furchtbar gewesen sein, denn noch Tage später tat ihr alles weh. Aber Estelle wollte nicht daran denken und versuchte sich mit den erdigen Händen den Gedanken aus dem Gesicht zu wischen. In ihren langen blonden Haaren und an den Wangen klebte Erde. Tränen quollen aus ihren Augen und vermischten sich mit dem Dreck. Doch sie grub weiter.

Der letzte Winter war mild gewesen, aber kalt war es trotzdem, als sie unterwegs zum Strand gewesen war. Darauf folgten nur noch bruchteilartige Erinnerungsfetzen. Wie der Mann sie überwältigt, ins Buschwerk gezogen und sie vergewaltigt hatte. Noch später lag sie eiskalt und still an der gleichen Stelle und rührte sich nicht. Sie hatte keine Ahnung wie sie nach Haus gekommen war, keine Ahnung, wie sie die schrecklich

Schmerzen überlebt hatte. Wie Estelle herausgefunden hatte, dass sie schwanger war und am liebsten sterben wollte.

Das Baby lag regungslos neben Estelle, die weiter schaufelte und sich immer wieder Tränen aus den Augenwinkeln wischte. Sie sah Regen an, nahm es in den Arm und drückte es. Der kalte Körper hing wie ein Sack Kartoffeln in ihren Armen. Sie drückte Regen einen Kuss auf die Stirn und legte es in das Grab. Jetzt musste Estelle es nur noch wieder eingraben, dann war alles vorbei. Dann konnte sie endlich alles hinter sich lassen.

Sie konnte es nicht. Estelles Arme waren schwer und sie ließen sich einfach nicht mehr bewegen. Sie dachte daran wie sie die ganzen langen Monate, die Wohnung nicht verlassen hatte. Wie sie sich übergab und stundenlang weinte. Alles für nichts? Als sie daran dachte wollte sie nicht mehr. Estelle war erschöpft. Sie nahm das Baby aus dem Loch im Boden, legte sich nieder und rollte sich mit der toten Regen auf dem Boden ein.

Dann schlief Estelle ein, in der Hoffnung nie wieder aufzuwachen.

Zeichen der Stille

von Melina Hager

Ein Schrei, ein Schlag und Stille.

Das Gebäude konnte jeden Moment einstürzen. Jan packte seine Tochter und rannte aus dem alten Hotel, das wegen all der lodernden Flammen und verkohlten Balken vom Einsturz bedroht war.

Draußen kamen schon Polizei, Feuerwehr und Journalisten angefahren.

Alles geschah wie in Zeitlupe. Wie Jan seine 16 jährige Tochter aus dem Hotel trug und auf die Menschenmenge zu rannte. Wie ihn die ersten Blitze der Kameras erfassten und ihm seine Tochter von fremden Menschen aus den Armen gerissen wurde. Wie er da stand, ohne irgendeinen klaren Gedanke, was gerade geschehen war.

Wie ein Polizist ihn sanft an der Schulter packte und ihn Richtung Krankenwagen steuerte.

Stimmen. Sirenen. Schreie. Mit einem Mal fiel alles auf ihn ein. Er fühlte sich erdrückt von dem ganzen Lärm, den Leuten, den Geräuschen, dem Gestank von verbranntem Holz und Kunststoff.

Eine Spritze in seinem Arm holte ihn zurück in die Gegenwart. Er schaute auf und sah einem jungen Sanitäter ins Gesicht.

„Sie haben einen kleinen Schock erlitten. Bleiben Sie bitte noch einen Moment ruhig sitzen. Wenn es Ihnen besser geht bringen wir Sie zu Ihrer Tochter".

„W...w...wo ist sie? Was hat...was hat sie? Lebt sie?", stotterte Jan. Der Sanitäter antwortete mit einer ruhigen, tiefen Stimme, die nicht zu ihm passte: „Sie ist in einem anderen Krankenwagen in die Chirurgische Klinik gebracht worden. Sie hat einen Schädelbruch und schlimmen Brand- und Schürfwunden erlitten und muss sofort notoperiert werden."

Ein Polizist kam auf Jan zu. Er stellte sich als Inspektor Kerner vor und fing an Fragen zu stellen.

„Können sie mir bitte Ihre Sicht des Brandes genau schildern?"

Jan überlegte und fing an zu erzählen.

„Ich sollte meine Tochter heute Nachmittag um halb 4 von der Schule abholen, war aber ein paar Minuten zu spät dran. Ich dachte sie müsste schon längst draußen sein, doch das war sie nicht. Ich wartete noch eine halbe Stunde, rief mehrfach auf ihr Handy an, doch nichts. Gegen 16 Uhr bekam ich eine SMS von ihr. Sie schrieb mir, dass sie zur Arbeit musste. Weil ich zu spät dran war, war sie schon los gegangen und ich sollte ihr ihre Arbeitsklamotten vorbei bringen.

Also fuhr ich zu diesem Hotel, in dem sie arbeitete und wollte ihr ihre Klamotten geben.

Als ich ankam schickte mich Jenny vom Empfang hoch in den zweiten Stock, wo Elena, meine Tochter, ihr Zimmer hatte. Ich klopfte an und ging ins Zimmer. Dort lag sie. Nackt mit Schürfwunden und Blessuren versehrt. Ich rannte zu ihr und versuchte sie wach zu bekommen, doch sie war bewusstlos.

Neben ihr lagen ihre Klamotten, die sie schon in der Früh, bevor sie zur Schule gegangen war an hatte.

Ein schwarzes, weiches Hemd, das sie von ihrer Mutter bekommen hatte, nachdem diese vor drei Jahren an einem Hirntumor starb.

Dazu trug sie eine blaue, schlichte, alte Röhrenjeans, die schon Gebrauchsspuren aufzeigte.

Ihre Klamotten waren noch so warm und rochen nach ihr. Elena sah genau aus wie SIE, als ich sie kennen lernte."

„Ihre Tochter sah wem ähnlich?", fragte der Polizist. Jan riss es aus seinen Gedanken. Er starrte Inspektor Kerner an und sagte dann langsam: „Elena sah ihrer Mutter sehr ähnlich. Sie hat nur wenig von mir geerbt. "OK, fahren sie bitte fort Herr Striesling", sagte der Polizist und schrieb weiter auf ein Klemmbrett.

„Ja. Ich wollte gerade den Notruf betätigen, als die Feuersirene anfing zu jaulen. So laut und plötzlich und verratend. Ich nahm die Decke vom Bett, hüllte Elena darin ein und rannte aus dem Zimmer. Leute hetzten auf den Gängen und schrien. Keiner hatte eine Ahnung woher das Feuer kam. Die Balken des Hauses ächzten schon, das Gebäude drohte einzustürzen, als ich raus rannte."

„Wie spät war es zu diesem Zeitpunkt in etwa?", fragte der Inspektor. Jan sagte nachdenklich: „Keine Ahnung. Tut mir Leid".

Kerner schaute Jan noch einmal mit prüfendem Blick an, redete mit dem Sanitäter und teilte Jan anschließend mit, dass er ihn in die Klinik zu seiner Tochter bringen würde.

Die Fahrt zum Krankenhaus fühlte sich wie ein Rausch an. Würde seine Tochter es schaffen? Nach so einem gezielten Schlag auf den Hinterkopf, der ihr den Schädel brach? Würde sie mit all den Brandwunden im Gesicht und an den Armen überleben?

Jan wurde immer nervöser als er sich der Notaufnahme näherte. Er brach in Tränen aus und fiel auf den Boden, als seine Knie weich wurden.

Zwei Krankenpfleger kamen angerannt, halfen Jan auf und brachten ihn in ein leeres Zimmer.

Er fühlte sich eingeengt, in die Falle gezogen. Er spürte sein Herz laut pochen und ihm wurde schlecht vor

Aufregung. Als eine Krankenschwester kam um nach ihm zu sehen übergab er sich in eine Nierenschale. Die Schwester kam näher und gab ihm eine Spritze zur Beruhigung. Laut ihrem Namensschildchen hieß sie Steffi.

Steffi war blond, hatte dunkelbraune Augen, war nicht besonders groß und geschätzte 20 Jahre alt. Sie roch süßlich mit einem Hauch von Minze. Sie hatte volle Brüste und einen schönen großen Hintern.

Der Facharzt Dr. Brien aus Amerika unterbrach Jans Gedanken, als er ins Zimmer kam.

„Guten Tag Herr Striesling. Dr. Brien mein Name. Ihre Tochter befindet sich noch nicht in einem stabilen Zustand. Sie hat schwere Blutungen im Hirn erlitten und viele Verbrennungen dritten und zweiten Grades. Ihre Nervenendungen sind in diesen Bereichen völlig zerstört. Diese Verbrennungen sind irreversibel. Das bedeutet, dass ihre Tochter für immer Narben davon tragen wird".

Jan schluckte. War das wirklich ein guter Plan gewesen? War es gerecht einen so jungen Menschen so zu verunstalten? Was wenn Elena überlebte und die Schäden ein Leben lang mit sich tragen musste?

„Ich werde dann wieder zurück in den OP gehen und das Beste für Ihre Tochter versuchen. Wenn es Neuigkeiten gibt werde ich mich bei Ihnen melden."
Jan hatte IHN gebeten Elena nach der Schule mit zunehme. Er sollte sie zum Hotel fahren und sie dazu bringen die SMS zu schreiben. Er hatte ihre Arbeitsklamotten schon eingepackt und absichtlich eine halbe Stun-

de lang vor der Schule gewartet, um ein perfektes Alibi zu haben. Er war extra nah an Jenny vorbei gegangen, damit sie sein späteres Ankommen bestätigen konnte. Er ging ins Zimmer und sah nicht Elena. Er sah SIE bevor sie starb, in genau dem gleichen Hemd. Und Elena roch nach ihr. Sie war zu 100 Prozent ihre Mutter.

Jan hatte sie gerade ausgezogen, als sie um Hilfe schrie. Er griff nach der Statue auf dem Nachtkästchen, die Elena zum 13. Geburtstag von ihrer Mutter bekommen hatte und auf dem Nachtkästchen neben dem Bett stand. Sie war das letzte Geschenk, das Elena von ihr hatte.

Jan schlug ihr die Statue gezielt, mit viel Schwung auf den Hinterkopf.

Es war nicht Elena, die er vor sich sah, es war SIE. Er konnte sie damals nicht gehen lassen. Nach drei Jahren lag sie wieder vor ihm. Nackt. Er küsste sie am ganzen Körper, drang in sie ein und die Emotionen kamen in ihm hoch. Doch es war nicht SIE. Es war Elena.

Als Elena bewusstlos vom Bett viel, stieß sie eine Kerze vom Nachttisch. Jan wartete bis Boden und Kissen Feuer fingen und legte Elenas Hände und ihr Gesicht behutsam in die Flammen. Er konnte sie so nicht weiter leben lassen. Was er getan hatte. Wenn sie es allen erzählen würde. Er musste dafür sorgen, dass sie ihren Verletzungen erlag.

Der Feueralarm war schon längst angegangen, doch Jan wartete, bis E-lenas Haut sich schwärzte und fügte sich selbst noch leichte Brandverletzungen zu.

Er hüllte sie in die Bettdecke ein und rannte panisch und voller Angstgefühle aus dem Hotel.

Nach all seinen Bemühungen für das perfekte Alibi, dem bestürzten Vater, dem nach dem Tod seiner Frau jetzt auch noch der Verlust seiner Tochter drohte.

Wer würde auf die Idee kommen, er hätte sie im Hotelzimmer erschlagen? Und danach noch ersucht sie vor dem Brand zu retten? Keiner!

Doch was, wenn Elena die Operation überlebte? Was, wenn sie wieder gesund werden würde? Würde der Inspektor ihr dieselben Fragen stellen, die er ihm gestellt hatte? Was, wenn sie ihm sagen würde was er getan hatte?

Waren die Verbrennungen nicht genug, um zu sterben? Waren die Hirnblutungen zu schwach, sodass sie wieder aufwachen könnte?

Würde sie schweigen? Oder müsste er sie zum Schweigen bringen?

Nacht

Bedrohliche Nacht

von Melina Hager

05:30 Uhr. Noah rannte die Straße entlang ohne eine Ahnung wohin sie ihn führte. Er hatte Angst. Sein Schweiß lief ihm kalt die Stirn hinunter und sein Hemd war durchnässt. Seine blonden Haare klebten ihm im Gesicht und seine Beine schmerzten, doch er musste weiter laufen.

Gegen 20:30 Uhr, des vorherigen Abends, erreichte Noah die Bar in der Oswaldstraße. Er setzte sich an einen leeren Tisch, bestellte ein Weißbier und wartete.

Zwei Männer und eine Frau betraten lachend die Bar und steuerten auf den Tisch zu, an dem Noah saß. Er erhob sich und begrüßte sie freudig.

„Hey Marie! Schön, dich mal wieder zu sehen!" rief er glücklich und umarmte sie lange. Die zwei Männer begrüßte er mit: „Hey Axel. Hey Leon, na alles klar bei euch?" und gab ihnen die Hand.

Sie setzten sich und die Bedienung kam mit einem Lächeln herbeigeeilt. „Was darf's denn heute sein?", fragte sie mit heller, weicher Stimme und sie bestellten ihre Getränke.

„Und? Was schauen wir heute Abend an?", fragte Axel mit einem schiefen Lächeln in Richtung Marie. Er hatte hellbraunes, glattes Haar, das unter einer grauen Mütze herauslugte, trug ein weißes, lockeres Hemd mit V-Ausschnitt, eine schlichte blaue Jeans und dazu schwarze Schuhe, die noch nach frischem Leder rochen.

Marie grinste ihn an, war aber nicht in der Lage zu antworten, da Leon schon behauptete, es wäre ein richtig schrecklicher und nervenzerreißender Horrorfilm.

Leon war groß und muskulös gebaut. Er hatte schwarzes, lockiges Haar, dass er sich hoch gegeelt hatte und seine Kleidung bestand aus einem blauen Pulli und einer schwarzen Jeans mit Chucks dazu.

Gegen 22 Uhr machten sie sich auf den Weg zu Leon und verließen die Bar. Bei dem Film handelte es sich um einen Horrorfilm, in dem eine Frau von Dämonen und Geistern heimgesucht wurde. Marie verkroch sich ängstlich in Axels Armen, der zufrieden lächelte. Nach dem Film holten Noah und Leon aus dem Keller ein paar Bier und die Vier tranken noch bis in die Früh hinein, bis Marie mit Axel nach Hause verschwand und Noah sich ebenfalls auf dem Weg machte.

Er ging die Treppe des Hauses hinunter, öffnete die Tür und befand sich in der kalten, schwarzen Nacht.

Es war Spätsommer, die Luft roch nach Regen und die Straße war noch mit einer dünnen, glitschigen Wasserschicht überzogen. Noah schlang die Arme um seinen Körper, als ein eisiger Luftzug an ihm vorbei zog und bog in die nächste Straße rechts ab. Diese Straße war dunkler und unheimlicher als die letzte und ein Gestank von Urin und Verfaultem kam auf.

Noah blieb stehen und lauschte. Nichts. Es war still. Kein Tier, kein Mensch, Nichts regte sich. Die Stille hämmerte wie ein Presslufthammer auf Noah ein. Der Wind schien sich gelegt zu haben und kein Blatt an den Bäumen regte sich mehr. Doch dann kam erneut ein eiskalter Luftzug auf, der Noah erzittern lies.

In der Mitte der Straße flackerte eine kaputte Straßenlampe in unregelmäßigen Abständen. Langsam ging Noah weiter die Straße entlang auf die kaputte Laterne zu. Als er direkt darunter stand ging die Lampe mit einem Mal aus. Plötzlich war es stockfinster. Hinter Noah huschte etwas Schwarzes über die Straße und ein eiskalter, scharfer Wind kroch unter sein Hemd. Noah rannte voller Panik die Straße entlang, weg von der Lampe zum nächsten Straßenkreuz.

Als er sich umdrehte flackerte das Licht der Laterne wieder und der Wind heulte durch die Gassen. Mit einem lauten Schlag zerschellte ein Blumentopf nur wenige Meter neben Noah. Die Angst packte ihn, doch er konnte sich vor lauter Panik nicht bewegen. Er schien am Boden fest zu kleben, als eine Gestalt aus der Gasse links neben ihm näher kam.

Leuchtende, gelbe Schlitzaugen schlichen auf ihn zu und brannten sich in sein Gedächtnis. Er spürte das Adrenalin in seinen Adern pulsieren, hörte sein Herz in seinem Kopf pochen und fühlte, wie sich seine Beine vom Boden lösten, bereit wegzulaufen, als die Augen ins Licht kamen. Eine schwarze Katze huschte über die Straße.

Noahs Herz blieb stehen. Er ging in Richtung Heimat weiter, bog auf die große Hauptstraße und rannte los. Der kalte Wind peitschte ihm ums Gesicht und erstickte ihn fast. Die Luft brannte in seiner Lunge und hinter Noah schienen die Lichter der Straßenlampen auszugehen. Er rannte verzweifelt den Lichtern hinterher, um nicht im Dunkeln zu sein. Es schien als würde die Luft um ihn dicker und undurchlässiger werden. Er kam nicht voran. Er fühlte sich wie auf einem viel zu schnellen Laufband und fiel hin.

Kalter Schweiß lief Noah über Rücken und Gesicht. Er war nass vor Angst. Hinter jeder Ecke schien eine schwarze Gestalt zu lauern. Noah bog die nächste Straße links ab und befand sich in der Laubfelderstraße. Nur noch zehn Meter bis zu seiner Haustür. Er rannte die letzte Strecke, öffnete die Haustür und schloss sie schnell hinter sich. Ein kalter Wind kam mit ihm in die Wohnung und die Dunkelheit erdrückte ihn.

Durch das Küchenfenster fiel Licht von der Straßenlampe. Ein schauriges Flackern im einen Moment und dann war alles dunkel. Als das Licht der

Laterne wieder anging, gefror Noah das Blut vor Angst in den Adern. Er konnte sich nicht mehr bewegen. Sein Körper wurde steif und drohte in der Stille zu zerbersten.

Vor Noah im Flur seiner Wohnung stand eine Gestalt mit kurzen Beinen. Ihr Oberkörper war nicht zu sehen. Noah rief mit kratzender Stimme: „Wer ist da? Zeig dich!". Keine Reaktion. Die Gestalt stand einfach nur da, in ihrer vollen Bedrohung. Noah spürte erneut einen eiskalten verräterischen Luftzug und plötzlich stieß etwas Glattes und hartes gegen sein Bein. Erschrocken drehte er sich um.

Die Haustür war aufgegangen, obwohl Noah sie bei seiner Ankunft zugemacht hatte. Er wollte sie rasch schließen, doch der Wind drückte von außen gegen die Tür. Er drehte sich um und legte sich mit aller Kraft mit dem Rücken gegen die Tür bis sie ins Schloss viel.

Noah nahm den Schlüssel, sperrte sie zu und zog den Schlüssel wieder ab, nur um sicher zu gehen. Er drehte sich in Richtung Küche, doch die Gestalt war weg. Keine Beine, kein Oberkörper und kein Gesicht waren mehr zu sehen. Nur ein Stuhl stand da. Noah packte erneut die Angst. Er spürte, wie das Blut in seinem Kopf pochte und wie das Adrenalin seinen Körper durchströmte.

Langsam ging er einen Schritt vor, um an den Lichtschalter zu kommen. Er streckte seine Hand aus und drückte langsam auf den Schalter. Zentimeter für Zentimeter ging er runter, bis er ganz gedrückt war. Noah erschrak durch das plötzliche Licht. Er schaute sich in der Wohnung nach der Gestalt um. Nichts zu sehen. Als er in die Küche gehen wollte, stolperte er über etwas Weiches, Nasses. Erschrocken starrte er auf den Boden. Da lag eine nasse Jeans von ihm, die er vor diesem Abend zum Trocknen über einen Stuhl gehängt hatte.

Erleichtert aufatmend ging er ins Badezimmer, um sich fertig zu machen und dann ins Bett zu gehen. Er würde nie wieder einen solchen Horrorfilm mit Leon und Axel anschauen.

Noah legte sich ins Bett und schlief sofort ein. Nach einiger Zeit, regte sich im Wohnzimmer unter der Couch eine Gestalt und im Licht der Straßenlampe blitzte ein Messer auf.

Das erste Date

von Kim Nguyen

Im Park war es ruhig. Der schlanke Mann auf der Bank beobachtete die Passanten aufmerksam mit seinen dunklen Augen. Er saß reglos da, seine Haltung verschmolz mit der Umgebung; Spaziergänger hätten ihn nicht bemerkt.

Sie schrie und schrie. Ihn ließ das kalt. Hier würde niemand ihre Schreie bemerken. Er hatte sich nicht mal die Mühe gemacht sie festzubinden. Wieso auch? Es war nicht nötig, denn die Dunkelheit war das fesselnde Seil. Weglaufen war in dieser Gegend zwecklos, das wusste sie auch.

Geduldig saß er auf dem Boden und gab sich ihren hilflosen Schreien hin. Ihr schwacher Parfumduft hang in der Luft vermischt mit ihrem Angstschweiß. Die Macht, die er über sie hatte, erregte ihn auf eine Art, die die sexuelle Ebene weitaus überstieg.

Mit der Hand befühlte er die Spitze des Messers, das er in einem Kaufhaus nach ausführlicher Beratung des Verkäufers erworben hatte. Dieses Messer eigne sich hervorragend zum Filetieren, zum Beispiel Fisch, hatte der Verkäufer ihm erklärt. Freundlich hatte er genickt und hatte sich für das freundliche Beratungsgespräch bedankt und bezahlt.

Er wartete bis ihre Stimme rau und heiser wurde. Höchstwahrscheinlich wurde ihr bewusst, dass das Schreien nichts brachte. Dann begann sie zu schluchzen. Ein leises, hilfloses Schluchzen.

Er richtete sich auf und ging auf sie zu. Seine Schritte wurden gedämpft durch den Rasen und die feuchte Erde.

"Bitte, bitte", wimmerte die Frau.

Er ging unbeirrt weiter. Es war sowieso zu spät. Er musste es wissen. Er wollte es vollbringen, nein er musste es vollbringen.

Langsam ließ er sich neben ihr niedersinken. Die Frau wich ängstlich zurück, doch er packte sie fest am Handgelenk. Mit der anderen Hand holte er das Messer und ritzte ihr drei tiefe Schnitte in den Oberarm durch ihr dünnes Oberteil. Seine Treffsicherheit und Genauigkeit in der Dunkelheit waren beachtlich. Die Frau schrie vor Schmerz auf. Sie wandte sich und der Versuch ihren Arm zurückzuziehen, scheiterte. Warmes Blut quoll aus ihrem Arm und dessen Geruch machte ihn wahnsinnig. Er kniete sich hin und drückte sein kühles Gesicht gegen die Wunde um die Flüssigkeit auf seine Zunge tropfen zu lassen. Es schmeckte süßlich und der Nachgeschmack erinnerte ihn an Eisen. Obwohl man das Blut aufgrund der Dunkelheit nicht sehen konnte, wusste er, dass sie eine Menge verloren hatte und dass sie sehr geschwächt war.

Er knöpfte ihre Bluse auf und machte ihren Oberkörper frei. Ihre Haut war weich und zart, ihre Brüste waren stramm und fest. Er befreite sie von ihrer restlichen Bekleidung; sie war halb bewusstlos und wehrte sich kaum noch. Mit der Messerspitze fuhr er über ihre Oberschenkel, setzte die scharfe Seite oberhalb ihres Knies an und schnitt ein dünnes Stück Fleisch heraus. Die Angst und der Schmerz zeigten Gnade mit der jungen Frau und schickten sie endgültig in die Ohnmacht.

Nach und nach zerlegte er ihren rechten Oberschenkel ohne Abscheu oder Übelkeit zu verspüren. Er war wie betäubt und funktionierte nur noch wie ein Roboter, ohne Verstand und Menschlichkeit. Das Fleisch packte er in eine schwarze Tüte und legte sie beiseite.

Als er fertig war, legte er sich anschließend auf die Erde neben den leblosen Körper.

Seine Finger umklammerten immer noch das Messerheft. Sein Atem ging regelmäßig und ruhig; er war tief entspannt.

"Verzeihung, sind Sie Tom?"

Er wurde barsch aus seinem Gedankenfluss gerissen. Vor ihm stand eine junge hübsche Dame, gekleidet in einer Bluse aus beigen Seide und Jeans.

"Ja, mein Name ist Tom. Und Sie sind bestimmt Anne.", antwortete er.

Er war auf der Suche nach einer Frau für sein mörderisches Vorhaben, doch keine Frau aus seinem Bekanntenkreis hielt er für geeignet. Daraufhin durchforstete er sämtliche Singlebörsen und –foren, machte Bekanntschaften und eines Tages stieß er auf eine junge Kunststudentin namens Anne. Nach ein paar Wochen Emailkontakt beschloss Anne, dass es Zeit für das erste Date sei.

"Wollen wir einen Sparziergang machen?", fragte er und sie nickte.

Die Messerklinge in seiner Jackentasche fühlte sich kühl an.

Nächtliche Treffen

von Sarah Kappel

Sie fuhr die Straße entlang. Sie wollte einfach nur weg. Weg von dem ganzen Alltagsstress. Immerzu das Gestreite von ihren Eltern, immerzu der Stress in der Schule. Der Streit ihrer Eltern hatte nun schon so weit geführt, dass sie es manchmal zu Hause nicht mehr aushalten konnte, weswegen sie oft nach draußen ging. Ihre Eltern würden sich trennen, wenn das so weiter gehen würde. Und als ob das nicht schon genug wäre, waren da auch noch die dummen Fragen der Verwandtschaft, ob es ihr gut ginge mit einem leicht vorwurfsvollen Satz dahinter: „Ich würde mich freuen, wenn du dich bei mir mal wieder melden würdest."

Die Straße näherte sich dem Ende und ein kleiner Trampelpfad führte in den Wald. In diesen Wald war sie schon als kleines Kind gern mit ihrem Rad gefahren. In dieser Herbstnacht spürte sie den angenehm kühlen Fahrtwind, der ihr entgegen kam. In den letzten Tagen war sie oft hier her gekommen um sich zu erholen. Der Mond schien hell und erleuchtete die Wege des Waldes in einem silbernen Licht. Es roch angenehm nach frisch gefallenem Laub. Der Schotter knirschte unter ihren Rädern. Alles für sich bewirkte das magische Gefühl von Freiheit und Sorglosigkeit in ihr. Sie musste lächeln, bei dem Gedanken an den jungen Mann, den sie in den letzten zwei Wochen hier immer wieder getroffen hatte und dem sie auch schon näher gekommen war. Insgeheim erhoffte sie sich, dass er auch heute wieder erscheinen würde. Die letzten Tage hatte er sie sogar jedes Mal mit nach Hause begleitet und einen Abschiedskuss auf die Wange hatte sie auch bekommen. Als sie um die nächste Ecke bog sah sie ihn schon von weitem auf sie warten. Seine Lampe schien durch die Blätter und über die Kreuzung hinweg, an der er wartete. Ihre Probleme schienen auf einmal wie weggeblasen. Sie wollte nur noch bei ihm sein.

Er war ziemlich nervös. Würde er sie heute endlich wieder sehen? Seine Anspannung war deutlich zu merken. Er spielte ungeduldig an der Lampe herum. Wann würde sie kommen? Würde sie überhaupt kommen? Seit er sie das zweite Mal in Folge um diese Zeit an dieser Wegkreuzung traf, machte er sich jeden Abend ein wenig früher auf den Weg, um auf sie zu warten. Da fuhr sie um die Kurve. Er merkte, wie er sich innerlich entspannte und breit zu grinsen begann. Sie sah mal wieder umwerfend aus. Er konnte es kaum erwarten, dass sie endlich bei ihm war.

Sie beschleunigte nochmal auf den letzten Metern und bremste dann aber abrupt, sodass man nur noch ein Klacken hören konnte. Die zwei Rollstühle stießen aneinander und die beiden fielen sich in die Arme und küssten sich.

Die beste Nacht unseres Lebens

von Nadine Fischer

Meine Freundin und ich haben uns solange auf heute Nacht gefreut. Den ganzen Abend bereiten wir uns nun schon vor. Stundenlang stehen wir vor dem Spiegel, überlegen uns, was wir anziehen und reden davon, dass es mit Sicherheit die beste Nacht unseres Lebens wird. Es hat auch einige Zeit gebraucht, bis ihre Eltern damit einverstanden waren, dass sie mitkommt auf die Party. Jessy ist erst 15, und nur durch gute Noten in der Schule gelang es ihr, ihre Eltern von heute Nacht zu überzeugen. Endlich ist es soweit, wir sind abfahrbereit und voller Aufregung stehen wir vor meinem Haus und warten auf unsere Mitfahrgelegenheit. Richtig gut sehen wir aus. Wir können uns gar nicht oft genug gegenseitig Komplimente machen und hören gar nicht mehr damit auf, den Ablauf der Party heute Nacht immer und immer wieder in allen Variationen durchzuspielen. Nur eine Situation, die hatten wir uns nicht vorgestellt. Denn zu der besten Nacht unseres Lebens sollte es nicht kommen.

Als unsere Jungs auf sich warten lassen, meinen wir schon scherzhaft, dass wir wohl allein bei mir daheim feiern könnten. Doch da flutet Scheinwerferlicht um die Ecke und aufgekratzt springen wir ins Auto. Auf dem Weg hören wir schon laute Musik und singen alle, wenn auch falsch, aber dafür umso enthusiastischer, mit. Als wir ankommen, gratulieren wir zuerst unserem Freund, drücken ihm den Wodka in die Hand und stürmen sofort die Tanzfläche. Eigentlich ist Jessy keine begeisterte Tänzerin, doch heute Nacht sollte ja alles anders werden und irgendwie müssen wir unsere Energie ja loswerden. Anschließend gehen wir zur Bar. Sie holt sich ihr erstes Bier und ich ordere einen Feigling. Die meisten anwesenden Jugendlichen kennen wir nicht, doch das ist uns egal, wir können auch zu zweit Spaß haben. Wir haben schon sichergestellt, bei unserem

Freund übernachten zu können, damit wir die Nacht solange wie möglich genießen können. Sie holt sich ihr zweites, drittes und viertes Bier, und ich stehe ihr mit allerlei anderen alkoholischen Getränken um nichts nach. Wir überlegen uns, dass wir uns mit dem Trinken besonders beeilen müssten, da der Alkohol ja begrenzt ist, und kamen zu dem Schluss, dass es vielleicht klug wäre, sich vorsichtshalber jetzt schon einen gewissen Alkoholpegel anzueignen.

Wir drücken unsere Becher Freunden in die Hand und verschwinden kurz aufs Klo. Jessy meint lachend, ihr wäre schon leicht schwindelig. Als sie sich kurz darauf ihr fünftes Bier in so kurzer Zeit bringen lassen will, beginne ich zu protestieren. Ein aufdringlicher Kerl holt ihr noch eines, und ich versuche es ihr wegzunehmen. Doch meine Bemühungen treiben sie nur dazu an, das Bier noch schneller runter zustürzen. Wir beschließen kurz in den Nebenraum zu gehen, in dem wir zuvor unsere Taschen abgelegt haben, um auf unsere Handys zu schauen, ob sich nicht ein sorgenvoller Elternteil inzwischen gemeldet hat. Sie hat bereits Mühe, geradeaus zu gehen, und auch ich spüre langsam die Wirkung des Alkohols. Nebenan angekommen, bittet Jessy, sich kurz hinlegen zu dürfen, damit der Schwindel verfliegt. Ich befinde die Idee, ihren Rausch vielleicht kurz für eine halbe Stunde auszuschlafen, für gut.

Doch das ist ein Fehler, denn schon nach kurzer Zeit dreht sich bei ihr alles noch schlimmer, und sie beginnt sich zu übergeben. Hektisch suche ich nach Taschentüchern und werde schnell fündig. Ich reiße das Päckchen Servietten auf und ziehe einen behelfsmäßigen Eimer heran. „Jessy, Jessy?! Ist alles in Ordnung? Geht`s dir gut?!" Eigentlich eine überflüssige Frage, da offensichtlich nichts in Ordnung ist, doch sie antwortet „Ja, mir geht's gut..." Doch als sie immer mehr erbricht, mache ich mir Sorgen, und will ihre Eltern anrufen. „Nein, mir geht es gut, wirklich. Ruf nicht meine Eltern an!! Bitte, die bringen mich um!!" Da sie noch ansprechbar ist, schenke ich ihr Glauben, und fahre mit meiner Aufräumaktion fort.

Bald schauen die ersten Leute herein, ich schreie sie an, dass sie weggehen sollen, doch ein Kerl bleibt hartnäckig und kommt herein. Er setzt sich so vor die Tür, dass keiner der neugierigen Umstehenden hereinschauen kann und beginnt, meiner Freundin gut zuzureden. Er weist mich an, das Fenster zu öffnen und tröstet irgendwann auch mich. Ich wundere mich, warum er auch auf mich einredet, mir geht es doch gut, da fällt mir auf, dass ich weine. Und noch schlimmer, ich kann nicht mehr damit aufhören, ich versuche mich zu beruhigen, doch es funktioniert nicht. Eine Freundin von mir wird ebenfalls hereingelassen und übernimmt die Führung. Sie hilft Jessy aufs Klo, zieht ihr den Pullover, den sie für die Nacht zum schlafen tragen wollte, statt des schmutzigen Tops an, und bindet ihr die Haare zurück. Anschließend meint sie, man müsse Jessys Eltern über ihren Zustand in Kenntnis setzen. Ich protestiere, da sie zuvor so vehement darauf bestanden hatte, dass ihre Eltern nichts erfahren. Doch mittlerweile ist sie nicht einmal mehr ansprechbar. „Jessy?! Jessy!!", schluchze ich „Sag doch was!!". Ich greife zu meinem Handy und wähle Jessys Nummer. Als ihr Vater abhebt, sage ich bloß vollkommen verzweifelt „Könnt ihr bitte kommen? Der Jessy geht's nicht so gut…" Das war wohl die Untertreibung des Jahrhunderts, aber ihr Vater meint, sie fahren sofort los. Ich packe ihre Sachen zusammen und scheuche weitere Schaulustige davon. Zwei Jungs stützen Jessy an der Seite und helfen ihr raus. Ich versuche noch einmal, sie anzusprechen, doch sie reagiert nicht. Ich haue ihr einmal links und rechts auf die Wange, doch nichts passiert. Einer der beiden Helfer, sagt man müsse einen Krankenwagen rufen. Wieder wehre ich mich heftig und sage immer wieder „Ich hätte auf sie aufpassen sollen, sie ist erst 15!".

Der Krankenwagen trifft vor Jessys Eltern ein, einer der Sanitäter fragt mich, was sie getrunken habe. Ich antworte ihm wahrheitsgemäß, dass es fünf Bier waren und er will wissen, ob Drogen im Spiel waren. „Nein", sage ich, wobei er dies bezweifelt. Ich will unbedingt mitfahren, doch der

Sanitäter meint, das ginge nicht, da ich noch nicht volljährig sei. Ich bitte ihn weiterhin, doch er bleibt standhaft. Niedergeschlagen sitze ich draußen und weine. Ich fühle mich verantwortlich und schuldig und mache mir wahnsinnige Sorgen um meine Freundin. Was würde jetzt mit ihr passieren? Jessys Eltern kommen an, ihre Mutter springt beim Anblick des Notdienstes vollkommen entsetzt aus dem Wagen. Sie sieht mich, und schreit „Das war wirklich das letzte Mal! Wie konnte das nur passieren?!" Dann rennt sie zu ihrer Tochter und ich bin noch verzweifelter als zuvor und schluchze die ganze Zeit vor mich hin, dass ich doch auf sie hätte aufpassen sollen. Einer der Partygäste hält mich im Arm, gibt mir einen Schal und eine Jacke und redet beruhigend auf mich ein. Ich hatte gar nicht bemerkt, dass ich zittere. Er versichert mir, dass dieser Vorfall nicht meine Schuld sei, doch ich weiß, dass das nicht wahr ist. Nun kommt auch Jessys Vater zu mir, und sagt, wie enttäuscht er von mir wäre. Ich entschuldige mich und weine, -wie lange nun eigentlich schon? Ich habe jegliches Zeitgefühl verloren. Der Junge, der mich so nett getröstet hat, erklärt Jessys in seiner Wut ziemlich beeindruckendem Vater mutig, dass ich in keinster Weise verantwortlich sei und verteidigt mich so gut er kann. Jessys Mutter fährt mit dem Krankenwagen mit, ihr Vater folgt mit ihrem Auto. Irgendwer hat meine Mutter benachrichtigt. Immer noch vollkommen hysterisch steige ich in ihren Wagen ein, während mein Beschützer auch ihr meine Unschuld an Jessys Zustand versichert. Daheim angekommen stehe ich immer noch unter Schock, mir ist abwechselnd heiß und kalt und ich kann vor Sorge nicht schlafen. Am nächsten Tag würde ich bei meiner Freundin anrufen und mich nach ihrem Befinden erkundigen. Ich habe wahnsinnige Angst davor, mit ihren Eltern zu sprechen, die mir die Schuld an dem Vorfall geben, und davor, dass sie vielleicht eine Alkoholvergiftung hat. Irgendwann in den frühen Morgenstunden falle ich schließlich vollkommen erschöpft in einen traumlosen Schlaf, wo ich den schrecklichen Ereignissen dieser Nacht wenigstens kurzzeitig entfliehen kann. Dabei sollte es doch die beste Nacht unseres Lebens werden...

Ein kleiner Stern

von Johanna Liebl

Vor langer, langer Zeit, wenn der Himmel sich langsam vom hellen Tag zur schwarzen Nacht verdunkelte, konnte man, wenn man genau hinsah, zwischen dem Gürtel des Orion und dem untersten Stern des gewaltigen Schützenbogens ein winziges Licht entdecken.

Dieser kleine, kaum erkennbare Himmelskörper stand schon seit Milliarden von Jahren am Firmament. Er war einer der Ersten, der nach dem großen Knall entstanden war, und trotzdem blieb er vollkommen unbeachtet. Er war nicht einmal Teil eines Sternbildes. Doch davon hatte er nun endgültig genug. Er wollte wichtig werden, den Lauf der Geschichte ändern, für immer unvergesslich bleiben. So ergriff er die erste Chance, die sich ihm bot und nahm an einem Wettbewerb teil, den Gott ausschrieb.

Denn dieser hatte vor, seinen Sohn eines Tages auf die Welt zu schicken und suchte schon einmal vorzeitig einen passenden Kandidaten für die Rolle des Abendsterns.

Leider hatte der kleine Stern erst sehr spät von dem Ausschreiben erfahren und musste sich schrecklich beeilen, um noch rechtzeitig anzukommen.

So flog er durch das dunkle Universum, immer schneller und schneller.

Er flog schneller als je ein Stern vor ihm, kniff die Augen zu und gab noch einmal alles, denn er wollte später unbedingt einen Namen haben. Von jedem Kind gekannt und in jedem Kinderbuch genannt werden.

Plötzlich hörte er den Warnruf eines nahe gelegenen Sterns und riss überrascht die Augen auf. Doch war es schon zu spät. Bevor er richtig bremsen konnte, schlug er auf dem blauen Planeten auf und zerschellte in tausende Teile.

Und so meine Kinder kam der kleine Stern in alle Bücher, als der Komet, der dazu führte, dass die Dinosaurier ausstarben.

Frühlingsnacht

von Luzie Huber

Die Sterne funkelten am Himmel und es roch nach Frühling. Der Wind rauschte durch den Wald, sonst war alles still, totenstill. Neben dem Duft nach Moos und Narzissen hatte ich auch einen leichten Duft nach Metall in der Nase. Ich lag auf dem kühlen Boden und schaute in den nächtlichen Sternenhimmel. Es war schon nach zwölf Uhr, ich hatte mich heimlich aus dem Haus geschlichen. Neben mir lag der geheimnisvolle Junge, mit dem ich mich seit einigen Nächten hier am Wald traf. Ich hatte ihn zufällig vor ein paar Nächten getroffen, als ich mal wieder nicht schlafen konnte und noch mal mit meiner Hündin Momo spazieren ging. Ich stolperte sozusagen über ihn.

Seitdem kam ich jede Nacht hierher und jedes Mal lag er hier und schaute in den Himmel. Doch tagsüber hatte ich den Fremden noch nie gesehen, ich wohnte auch erst seit ein paar Wochen hier. Der Junge hieß Max, ich konnte ihm alles erzählen und er hörte zu oder brachte mich mit seinen Geschichten zum Lachen. Ich erzählte ihm vom Chaos zu Hause und von den Problemen in der neuen Schule.

Heute hörte Max mir nur still zu.

Ich wusste nicht genau wie der Junge aussah, denn ich hatte ihn bis jetzt nur im Dunkeln getroffen. Ich konnte immer nur seine Konturen leicht im Mondlicht erkennen.

Nach einiger Zeit hörte ich auf, ihn voll zu quatschen, tat es ihm gleich und schwieg gemeinsam mit ihm. Ich schob meinen Körper weiter zu ihm hinüber. An meinem Kopf war der Boden noch ein wenig nass, wahrscheinlich vom Regen gestern. Ich tastete mit meiner rechten Hand nach seiner und als ich sie gefunden hatte umfasste ich sie. Seine Hand war eiskalt. Aber es war zurzeit ja auch noch ziemlich kühl. Doch in seiner Nähe fühlte ich mich immer warm und geborgen. Wir lagen lange einfach nur da und schauten in den Himmel.

Plötzlich hörte ich Vogelgezwitscher, ich machte die Augen auf und merkte erst jetzt, dass ich eingeschlafen war. Die Welt begann schon hell zu werden und die Sonne ging langsam auf. Ich schaute auf die Uhr, es war schon fast sieben Uhr. Meine Mutter würde bald aufstehen, ich musste mich beeilen um nicht erwischt zu werden. Schnell stand ich auf und klopfte mir hektisch den Dreck von der Kleidung. Dann erst fiel mir Max ein. Ich schaute auf den Boden. Er lag noch immer dort und schlief. Seine Augen waren geschlossen. Er hatte wunderschöne braune Locken und sein Gesicht war braun gebrannt. Er war bildhübsch und genau so wie ich ihn mir die ganze Zeit vorgestellt hatte.

Doch plötzlich fiel mein Blick wieder auf die Haare und erst beim zweiten Blick sah ich in welcher Lache aus roter Flüssigkeit sein Kopf lag. Es war Blut, daran gab es keinen Zweifel. Es war schon eingetrocknet und an der Stelle, an der ich gelegen hatte, konnte man einen leichten Abdruck erkennen. Jetzt erst wurde mir alles klar, der Metallgeruch, sein Schweigen, der nasse Boden und die eiskalte Hand. Obwohl ich mir sicher war, dass es zu spät war nahm ich seine Hand und versuchte seinen Puls zu spüren. Doch da war nichts, gar nichts.

Panisch schaute ich mich um. Doch Gott sei Dank war noch niemand auf den Feldern zu sehen. Schnell zog ich meine Kapuze über den Kopf und rannte los. Bloß weg von hier, von allem.

Rennen

von Maja Weise

Ich rannte. Das einzige was ich tat war rennen. Wohin? Das war mir unklar. Ich wusste nicht wohin, bis wann oder sonst irgendetwas. Ich wusste nur, dass ich rannte und zwar weg von ihm und diesem Ort. Dieser Ort ... wenn ich schon daran dachte wurde mir schon ganz übel und die Magensäure stieg in mir auf. Nicht daran denken! Einfach weiter rennen!

Ich lief über eine Straße, kein Auto in Sicht. Ich rannte weiter. Da! Da vorne! Ein Fußweg! Sehr dunkel und kaum Sicht. Dort würde er mich bestimmt nicht finden. Meine einzige Hoffnung! Also rannte ich diesen Weg entlang und immer weiter. Ich hörte Schritte und schnelles Atmen. Vor Schreck fiel ich hin und verlor nun auch meinen zweiten Schuh. Der andere blieb schon ganz am Anfang meiner Flucht irgendwo stecken. Egal, aufstehen und weiter rennen, sagte ich mir. Auf keinen Fall darf ich stehen bleiben. Erst wenn ich in Sicherheit bin. Aber wann würde das sein? Ein paar Minuten noch? Vielleicht auch Stunden oder gar Tage?

Die Angst schnürte mit die Kehle zu bei dem Gedanken, dass diese Flucht noch Tage oder Monate dauern könnte. Ich versuchte halbwegs ruhig zu atmen. Aber das ist unmöglich, wenn man verfolgt wird und barfuß über ein Feld um sein Leben rennt.

Weiter vorne bog der Feldweg in einen Wald ein. Wald. Wald, das bedeutete Bäume. Bäume bedeuteten Sichtschutz. Und Sichtschutz bedeutete womöglich Sicherheit. Mein einziges Ziel im Moment. Also wagte ich es und rannte in den Wald. Dort aber ließ mein Orientierungssinn stark nach. Egal! Einfach geradeaus laufen. Irgendwo musste der Wald ja aufhören und hoffentlich war da Zivilisation. Alles könnte da sein, nur nicht er!

Er, der mir das hier überhaupt angetan hatte und vor dem ich jetzt auf der Flucht war. Kaum dachte ich an ihn, befiel mich Panik. Jetzt bloß nicht schwach werden! Die Äste auf dem Boden bohrten sich in meine Füße. Steine oder Ähnliches waren noch schlimmer. Doch das durfte mich jetzt nicht beeinflussen oder gar ablenken. Ich musste weg. Weg von hier und weg von ihm.

Ich versuchte über ein paar Baumstämme, die am Boden lagen zu springen, blieb aber hängen und fiel der Länge nach hin. Vor lauter Schreck schrie ich auf, doch hielt mir sofort geschockt eine Hand vor den Mund. Hoffentlich hatte er mich nicht gehört! Ich betete zu Gott.

Mein Kopf dröhnte und mein Bein schmerzte. Ich fasste mir an den Kopf und sah Blut an meiner Hand.

Bitte kein Blut! Das letzte was ich jetzt noch gebrauchen konnte war ein blutiger Kopf. Meine letzten Tage oder Monate, ich wusste es nicht, waren

gekennzeichnet von Schmerz und Blut. Ich wollte doch nur weg! Ich hörte ihn in der Nähe. Langsame, suchende Schritte. Hin und wieder blieb er stehen und lauschte. Ich versuchte keinen Mucks von mir zu geben und meinen Schmerz zu unterdrücken. In diesem halb bewusstlosen Zustand schweiften meine Gedanken ab.

Die letzten Tage und Monate waren ein einziger Horrortrip gewesen.

Er fand mich, nahm mich und wollte mich nicht mehr hergeben. Ich war alles für ihn, seine Putzfrau, Köchin, Haushälterin, Psychologin, Geliebte, Boxsack, Sexspielzeug. Aber immer war ich sein Opfer. Nicht irgendein Opfer, sondern seins und nur seins.

Plötzlich knackte es neben mir. Da war er! Ein Arm packte mich und riss mich fort.
Hilfe!

Sirius

von Karoline

Ich stehe an meinem Fenster und schaue in eine sternklare Nacht. Ich bin ganz ruhig. Atme langsam, kaum merklich ein und wieder aus. Wie von selbst wiederhole ich die Namen von Sternbildern und ihre dazugehörigen Sterne. Das hat mich schon immer irgendwie beruhigt, auch wenn ich früher den Anblick eines solch sternklaren Himmels nicht ertragen konnte. Aber allein der Gedanke, dass die Sterne noch am selben Fleck sind und von dort oben auf mich hinunter schauen, allein das hat schon ausgereicht um mir das Gefühl der Einsamkeit zu nehmen.

Das hört sich verrückt an, ich weiß, aber mir blieb damals nichts anderes übrig. Meine Mutter war schon lange nicht mehr da und mein Vater verbrachte seit dem seine Zeit nur noch vor dem Fernseher, trank Bier und bemitleidete sich selbst. Woher er das ganze Bier immer bekam wusste ich nicht. Wahrscheinlich klaute er es irgendwo wenn er es mal schaffte vom Sofa aufzustehen und das Haus zu verlassen. Geld hatte er keins. Er ging nicht mehr zur Arbeit. Um die Wohnung und die Rechnungen kümmerte ich mich und auch darum, dass mein Vater wenigstens etwas zu essen bekam. Nach der Schule ging ich dazu regelmäßig arbeiten, was blieb mir auch anderes übrig, und ab und an bekam ich von irgendwelchen Verwandten sogar ein bisschen Geld zugeschickt. Sie mochten meinen Vater nicht und mich deshalb auch nicht. Wahrscheinlich schickten sie auch nur Geld um ihr schlechtes Gewissen uns gegenüber zu beruhigen. Was ihre Abneigung gegenüber meinem Vater und mir anging waren sie aber auch nicht die Einzigen. In der Schule wurde ich gemieden. Niemand wollte etwas mit mir zu tun haben. Ich wurde nicht mal gemobbt. Ich wurde einfach so behandelt als gäbe es mich nicht.

Ich weiß nicht wieso aber irgendwie schienen alle dem schlechten Ruf meines Vaters auch sofort auf mich zu übertragen. Vielleicht weil wir uns so ähnlich sahen. Aber das war im Grunde auch die Einzige Gemeinsamkeit, die wir hatten. Ich klaute nicht, ich verprügelte niemanden, ich ernährte mich nicht von Bier, ich ließ nicht meine ganze Arbeit von anderen erledigen und vor allem war ich nicht schuld an unserem Unglück. Meine Mutter war nicht meinetwegen weg und außerdem konfrontierte ich meinen Vater nicht damit. Eigentlich hätte das eh nichts gebracht. Seit wir nur noch zu zweit waren, war mein Vater sehr gut darin alles um sich herum auszublenden. Nur manchmal, vor allem dann wenn er kein Bier mehr hatte, schien wieder Leben in ihn zurück zu kehren. Aber dann war es für mich immer am besten zu verschwinden. Nicht einfach nur in mein Zimmer, sondern ganz raus aus dem Haus und erst am nächsten Tag wieder kommen. Denn wenn er aus seiner Starre erwachte war er kein liebevoller Vater, der seinen einzigen Sohn ohne die Unterstützung von Anderen großziehen musste. Nein, vielmehr wurde er zu einer Art Monster, das seinen Sohn für wirklich alles Schlechte, was ihm je widerfahren war verantwortlich machte. Wenn das passierte und ich es nicht rechtzeitig aus dem Haus geschafft hatte, sah es übel für mich aus. Meist lief es dann so ab: Erst jagte er mich durchs ganze Haus, denn dafür, dass er eigentlich nur vor dem Fernseher saß, entwickelte er jedes Mal ungeahnte Kräfte. Irgendwann fing er mich dann ein und verprügelte mich so lange, bis er entweder keine Kraft mehr hatte oder ihm die Hand wehtat. Dabei drohte er mir noch alles Mögliche an, was mit mir passieren würde sollte ich jemals irgendjemandem davon erzählen. Meine Angst vor ihm war tatsächlich so groß, dass ich bis heute wirklich niemandem von diesen Vorfällen berichtet habe und was damals noch geschah, als meine Mutter noch bei uns war.

Meine Angst vor sternenklaren Nächten fing damals an und jedes Mal wenn er mich verprügelte wurde sie größer. Denn meistens geschah es in der Nacht. Die Lichter im Haus waren aus, damit er mich nicht so leicht finden konnte und auch, weil man uns regelmäßig den Strom abstellte. In sternklaren Nächten jedoch war es hell genug um alles deutlich zu erkennen. Das schlimmste in solchen Nächten war gar nicht, dass er mich schneller finden konnte, denn er verprügelte mich im Grunde immer gleich lang, viel schlimmer war Tatsache, dass auch ich alles sehen konnte. Seine grässliche Fratze, seine Augen, die mich voller Verachtung ansahen und das Blut, das nach kurzer Zeit überall zu sehen war. Und mit dem Blut kam die Erinnerung an jene Nacht in der alles begann. Jene Nacht, die genauso sternklar war. Meine Erinnerungen daran waren auch nach all der Zeit immer noch so klar, als wäre es erst gestern gewesen. Damals lebte meine Mutter noch bei uns. Mein Vater trank noch nicht und ging jeden Tag arbeiten. Schon damals hatte ich sehr gerne die Sterne beobachtet. Sirius war schon damals mein Lieblingsstern und ist es auch heute noch. Er ist der hellste Stern von allen und vom Orion aus sehr einfach zu finden. Auch in jener Nacht hatte ich die Sterne beobachtet. Länger sogar, als üblich. Gerade wollte ich in Bett gehen, als meine Aufmerksamkeit auf etwas Anderes gelenkt wurde. Laute Stimmen, die durcheinander schrien. Meine Eltern stritten mal wieder. Damals kam das immer häufiger vor. Aber ich dachte mir zuerst nichts dabei. In jeder Familie wird doch dann und wann gestritten. Doch dieses Mal war etwas anders. Normalerweise stritten sie nur kurz, aber diesmal hielt der Streit an. Irgendwann hörte ich meine Mutter dann sogar weinen. Das war noch nie passiert. Leise schlich ich aus meinem Zimmer und in Richtung Wohnzimmer, um besser hören zu können, wovon der Streit handelte. Ich versteckte mich so hinter der Tür, dass ich sie gut hörte, sie mich aber nicht sahen. Bei ihrem Streit ging es offenbar darum, dass meine Mutter einen Anderen hatte und uns verlassen wollte. Sie wäre sogar einverstanden gewesen regelmäßig Geld für mich zu schicken. Aber mein Vater wollte davon nichts hören. Er beschimpfte sie mit allerlei erniedrigenden Ausdrücken und meinte, dass sie als Frau gar nichts zu entscheiden habe.

So ging der Streit eine gefühlte Ewigkeit, bis er letztendlich eskalierte. Ich hörte meine Mutter schreien, einen dumpfen Schlag und dann nichts mehr. Eisige Stille. Vor Schreck war ich so gelähmt, dass ich sogar die Luft angehalten hatte. Irgendwann hörte ich dann, wie mein Vater mich rief. Zögernd kroch ich hinter der Tür hervor und ging ins Wohnzimmer. Als ich sah, was geschehen war, und was ich bis dahin nicht glauben wollte, brach ich zusammen. Mir wurde schwindelig, ich sackte auf den kühlen Fußboden und musste mich übergeben. Ich fühlte mich vollkommen hilflos. Mein Vater tat nichts. Er stand einfach nur da und starrte in die Luft.

Als es mir langsam besser ging sagte er mir, er würde meine Mutter irgendwo draußen begraben gehen und ich solle in der Zwischenzeit hier aufräumen. Der Boden und die umstehenden Möbel waren voller Blut und während ich sauber machte, musste ich mich erneut übergeben. Als mein Vater irgendwann wieder kam, schärfte er mir noch deutlich ein, niemandem von diesem Abend zu erzählen, oder es würde mir wie meiner Mutter ergehen.

Dieser Abend hatte ihn zu jenem Wrack gemacht, welches seine gesamte Zeit vor dem Fernseher verbrachte und ab und zu seinen Sohn verprügelte.

Seit dieser Nacht sind etliche Jahre vergangen und wieder stehe ich am Fenster und beobachte die Sterne, doch diesmal habe ich keine Angst mehr. Denn heute hat sein Körper den Kampf mit dem Krebs endlich aufgegeben. Obwohl mein Vater kein Raucher war, wurde vor ungefähr einem halben Jahr Lungenkrebs bei ihm diagnostiziert. Behandeln lassen wollte er sich nicht. Ich habe keine Ahnung wieso, aber es ist mir auch egal. Mit dem heutigen Tag werde ich meine Vergangenheit hinter mir lassen.

Ich stehe am Fenster und schaue in eine sternklare Nacht, voller Vertrauen in eine glückliche Zukunft.

Volksfest

Der Teufel auf dem Volksfest

von Karoline Lutz

Jedes Jahr finden in München zahlreiche Volksfeste statt. Eines davon ist die Auer Dult. Neben den üblichen Fahrgeschäften und Ständen kommen hier auch noch viele verschieden Leute zusammen, um Alltagsgegenstände und mehr zu verkaufen.

Wie jedes Jahr gibt es auch dieses Jahr wieder diverse Stände, die alte Antiquitäten anbieten. Einer davon gehört einem alten Japaner, der jedes Jahr aufs Neue von irgendwelchen seiner Verkaufsgegenständen behauptet, sie seien verflucht. Natürlich glaubt ihm niemand, aber die Geschichten, die er erzählt, sind es immer wieder Wert gehört zu werden.

Dieses Jahr hat er eine neue Antiquität in seiner Sammlung, die er zum Verkauf anbietet. Eine alte, aus Holz geschnitzte Maske, die eine hässliche, verzerrte Fratze darstellt. Der alte Japaner meint, sie stamme aus seiner alten Heimat. Wie alt sie ist, ist unklar, aber die ersten Aufzeichnungen über die Maske stammen aus der Edo-Zeit. Damals hatte sie einem blutrünstigen Samurai gehört, der für den Tenno jeden Auftrag zur vollkommenen Zufriedenheit seiner Majestät ausgeführt hatte. Doch mit der Zeit wurde der Tenno wütend. Der Samurai wurde nach jedem gelungenen Auftrag immer so gut belohnt, dass er langsam faul wurde. Einen faulen Krieger kann aber niemand gebrauchen und darum schickte der Tenno ihn mit einem neuen Auftrag los. Dem schwersten, den der Samurai je aufgetragen bekommen hatte. Trotzdem war der Krieger zuversichtlich, bis seine Zielperson, die auf jedem Fall am Leben bleiben sollte, vom Feind umgebracht wurde. Der Samurai hatte versagt, er konnte den Auftrag seines Kaisers nicht erfüllen. Somit war seine Ehre verletzt und der einzige Weg diese wieder herzustellen war Seppuku,

Selbstmord. Die Maske tragend, welche er immer bei seinen Aufträgen dabei gehabt hatte, rammte er sich also eines Abends sein Schwert in den Bauch. Ein Bettler fand die Leiche und nahm unter anderem die Maske an sich, um sich davon Essen kaufen zu können. Doch der Samurai war zum Zeitpunkt seines Todes innerlich so zerrissen gewesen, weil er versagt hatte, dass sein Geist sich nicht von dieser Welt lösen konnte und deshalb in der Maske weiterlebte.

Der Fluch der Maske brachte nun jeden nachfolgenden Besitzer dazu ebenfalls Selbstmord zu begehen, damit der Geist des Samurai vielleicht eines Tages endlich Ruhe finden könnte. Das Auffälligste dabei war aber, dass nach jedem Selbstmord die Maske für ein paar Jahre verschwand, um dann in den Händen eines neuen Besitzers wieder aufzutauchen.

So überstand die Maske all die Jahre und reiste durch viele Länder, bis sie bei dem alten Japaner landete. Er meint, er habe sie vor ein paar Tagen irgendwo gefunden, aber da die Geschichte, wie alle seine bisherigen ziemlich unwahrscheinlich klang, taten die Leute sie nur als weiteres Märchen ab und fragten sich voller Vorfreude, was er ihnen das nächste Mal erzählen würde, bis eines Nachts die Maske des blutrünstigen Samurai zum Leben erwachte.

Am nächsten Morgen war der Stand des Japaners schon früh geöffnet und es sah so aus, als wäre er für diese Nacht nie geschlossen worden. Der alte Mann lag in einer Ecke. Seine Leiche war blutüberströmt. In seinem Bauch steckte ein Katana, ein Schwert aus Japan, das er ebenfalls zum Verkauf angeboten hatte. Zuerst sah es nach einem gewöhnlichen Raubüberfall aus, doch waren noch alle Besitztümer des alten Japaners an Ort und Stelle. Abgesehen von einem Gegenstand: die Maske des blutrünstigen Samurai war verschwunden.

Die Fahrt

von Martha Urban

Ich gebe der Frau hinter der Kasse drei Euro. Meiner Meinung nach viel zu überteuert, ganze sechs DM für eine kleine Riesenradfahrt. Doch es ist meine Tradition. Jedes Jahr im August gehe ich einen Tag aufs Volksfest und das nun schon seit 50 Jahren. Ich zeige dem Mann beim Einlass mein Ticket und frage, wie immer, ob ich es behalten darf nachdem er es eingerissen hat. „Natürlich!", murmelte er in seinen Vollbart und dreht sich zu dem nächsten Fahrgast um. Der war auch mal jünger, denke ich mir. Es waren heute genau 50 Jahre her. Ich erinnere mich noch ganz klar an jenen Tag. Ich war jung und voller Tatendrang. Unser Volksfest hatte gerade angefangen und wir stürmten alle hin um Karussell zu fahren, unsere Lederhosen auszuführen und den Mädels Rosen zu schießen. In den Zelten wurde getanzt und gegessen. War man schon über 21, genehmigte man sich ein Bier. Doch ich war nicht 21, hatte noch nie ein Mädchen geküsst und war im Vergleich zu allen anderen ein wenig schüchtern. Ein Lächeln fliegt über mein Gesicht, als ich mich an die schöne Zeit erinnere. Die Schlange in der ich stehe ist sehr lang, doch das freut mich, denn ich will jeden Augenblick von dieser Fahrt genießen. Wir standen am Kettenkarrusell und uns war noch total schwindlig von der vorherigen Fahrt. Doch es war 4 Uhr und die Verlobte von Klaus wollte mit ein paar Freundinnen vorbei schauen. „Da!", schrie er und rannte los. Sie küssten sich und er hob sie hoch und wirbelte sie im Kreis. Wir gingen zu ihnen und begrüßten die anderen. Rita war auch dabei. Sie war meiner Meinung nach die Schönste von allen. Ihre Haare immer perfekt hochgesteckt und ihre Augen strahlend Blau. Ich hatte mit ihr letzte Woche ein paar Mal getanzt aber ich glaube nicht, dass sie sich an mich erinnerte. „Grüß dich Franz. Wie geht's dir?"

Fragte sie wirklich mich? Gab es hier noch einen anderen Franz?

„Hallo Rita. Schön dich zu sehen. Ich wusste gar nicht, dass du heute auch mitkommst", diese Sätze gingen mir so leicht von den Lippen, dass ich von mir selbst überrascht war. Wir entschlossen uns in Richtung Schiffsschaukel zu gehen und Rita und ich unterhielten uns die ganze Zeit weiter. „Entschuldigen sie. Könnten sie vielleicht weiter gehen, wir wollen auch noch fahren."

Er reißt mich komplett aus meinen Gedanken. Ich sah sie so schön vor mir. Wie sie da stand in ihrem Rot-Grünen Dirndl und immer mit ihren Haaren spielte.

„Hey, jetzt wird's aber echt unverschämt!", drängelte der Junge hinter mir. „Immer mit der Ruhe junger Mann, sie kommen auch noch dran.", sagte ich und gehe widerwillig weiter. Der Weg bis zu dem Einstieg ist sehr lang und bei jedem Schritt höre ich das Blech unter meinen Füßen wackeln. Ich steig in den Sitz des Riesenrads und bleib in der Mitte sitzen. „Ich möchte bitte alleine fahren, wenn das möglich ist?", frage ich den Mitarbeiter. "Ja, ja aber schnallen sie sich an!". Früher musste man sich nie anschnallen, denke ich mit noch als das Rad schon losfährt. Es fühlt sich an wie damals. Rita und ich beschlossen an jenem Abend uns von der Gruppe ab zu spalten und alleine durch das Getümmel des Volksfestes zu laufen. Ich kaufte ihr ein Lebkuchenherz und wir bissen gleich und gleichzeitig von ihm ab. Es war das erste Mal, dass sich unsere Gesichter so nah kamen. Sie schaute mir in die Augen und seitdem bin ich verliebt. Ihr Blick verzaubert mich heute immer noch, auch wenn es nur noch Erinnerungen sind. Wir schlenderten Hand in Hand weiter bis wir an das Riesenrad trafen. Die erste Runde bezahlte ich, die zweite sie und die letzte jeder alleine.

Mit einem Ruck hält das Rad an und nun bin ich doch ganz froh mich angeschnallt zu haben. Mein Sitz ist jetzt der höchste von allen. Ich kann die ganze Stadt überblicken. Es ist so still hier oben, ab und zu hört man ein paar Schreie und Musik von unten, ansonsten ist es ganz still. Auf einmal kommt ein Windstoß auf und kühlt mein Gesicht. Ich schließe die Augen. Das letzte was ich sehe sind die Sterne die funkelt.

„Ich liebe ich!", sagte sie und ihr blick traf direkt mein Herz. Unsere Köpfe kamen immer näher. Ohne dass ich irgendetwas tat nahm ich ihren Kopf in die Hand. Nie wieder habe ich so einen schönen Kuss erlebt. Unsere Lippen ertasteten einander mit einer solchen Vorsicht und Liebe, dass es unmöglich ist dieses Gefühl in Worte zu fassen.

Mit einem Ruck ist der Moment zerstört. Ich mach meine Augen auf und sitz wieder alleine in dem Wagon. Der Lärm von unten schallt in meine Ohren. Gegenüber von mir streitet sich ein paar im aufsteigenden Sitz. Wie kann man sich in so einer Situation nur streiten, denke ich mir und atme die kühle Nachtluft ein. Ich bin nun in meinem letzten Drittel der Fahrt angekommen und schaue einmal über den Rummelplatz.

Sie kuschelte sich an mich. Mein Arm lag auf der Lehne und umarmte sie. Sie hielt meine andere Hand und spielte mit meinen Fingern. Mit einem lauten „Rums" hielt unser Wagon am untersten Punkt an und wir wurden gebeten auszusteigen. Es war die schönste Riesenradfahrt in meinem Leben und ich konnte Rita mein Leben lang nicht vergessen.

Als wir wieder mitten in dem Getümmel standen sah sie mich an und sagte: „Das müssen wir nächstes Jahr wiederholen, aber jetzt muss ich leider gehen!" und sie verschwand für immer in dem Duft von Zucker-watte und gebrannten Mandeln.

„Kann ich ihnen helfen?", fragte mich die Mitarbeiterin und steckte ihre Hand aus. „Nein danke, so alt bin ich dann doch nicht", antworte ich und verlasse über den Weg aus Blech das Fahrgeschäft. Als ich wieder mitten in dem Getümmel stehe, schaue ich mich um. Doch ich sehe sie nirgendwo und so mache ich mich auf den Nachhauseweg um nächstes Jahr wiederzukommen.

Das Verhör

von Magnus Winkler

„Dieser verdammte Penner." Sebastian spuckte Blut. „Warum schlägt mich der Kerl eigentlich? Der darf das doch gar nicht". Sebastian sah seinem Gegenüber in die Augen. Die Faust kam wieder auf ihn zu. Sie traf genau auf die Nase. Der Polizist warf Sebastian einen spöttischen Blick zu. „Na? Willst du immer noch nicht zugeben, dass du es warst?" Es folgte der nächste Schlag des Polizisten. Wieder auf Sebastians Nase. Sebastian schrie auf vor Schmerz. Doch das schien dem Polizisten nicht die Bohne zu interessieren. „Raus mit der Sprache!" Der Polizist war wie im Wahn. „Gib es endlich zu!" Sebastian konnte nicht mehr. Das Geschrei des Polizisten wurde immer unverständlicher. Die Schläge spürte er kaum noch. Blut tropfte auf sein Hemd und auf den Boden. Sein Kopf hing schlaf am Hals. Vor seinen Augen begann alles zu verschwimmen. „Das ist alles nur ein schlechter Traum", dachte er. Dann fiel er in Ohnmacht.

Noch vor drei Stunden sah alles ganz anders aus. Ja er selbst sah anders aus. Nicht wie jetzt mit blutendem Gesicht, aufgeplatzten Lippen und gebrochener Nase. Vor drei Stunden war Sebastian so glücklich wie noch nie. Neben ihm auf der Bierbank stand Anna. Jene Anna, die er schon seit geraumer Zeit vergötterte, aber sich nie irgendwelche Chancen bei ihr ausrechnete. „Die spielt in einer anderen Liga", hatten ihm seine Freunde immer wieder vorgehalten. Doch so kurios es auch klingen mag, schaffte es Sebastian irgendwie ihre Aufmerksamkeit auf sich zu ziehen und sie war davon nicht abgeneigt. So traute er sich dann endlich, das schönste Mädchen der Schule aufs Volksfest einzuladen.

Da standen sie nun. Er in seiner neuen Lederhose mit dem weißen Hemd und sie mit einem Dirndl, bei dem Sebastian Hören und Sehen verging. So stand er neben ihr und wartete auf den passenden Augenblick. Da erklang „Angels" von Robbie Williams. Sebastian legte seinen Arm sanft um ihre Hüfte, zog sich Anna zu sich und küsste sie. Sein Traum wurde war. Den ganzen Abend konnten sie beide nicht ihre Finger voneinander lassen und er schenkte ihr das größte Lebkuchenherz, das zu es zu kaufen gab. So schlenderten beide verliebt und Hand in Hand übers Volksfest. Gegen 23 Uhr machten sich beide auf den Weg nach Hause.

Gerade als sie am Festzelt vorbeikamen, kam Stefan herausgeschaukelt. Das Bier hatte ihm anscheinend heute besonders gut geschmeckt, wie an seiner Fahne und seinem Aussehen leicht zu erahnen war. Als Stefan Sebastian trotz seines Tunnelblicks sah, brüllte er laut: „Sebastian, Freunde gehen vor Pussys." Zwar nervte es Sebastian gewaltig, dass er nun schauen konnte, wie er seinen besoffenen Freund nach Hause brachte, anstatt gleich mit Anna nach Hause zu gehen. Aber Stefan konnte er in seinem Zustand unmöglich zumuten alleine nach Hause zu finden. Also nahmen die Drei den hinteren Ausgang anstatt den Vorderen, um zuerst Stefan nach Hause zu begleiten.

Doch das sollte Sebastian zum Verhängnis werden. Was er nicht wusste: Am hinteren Ausgang wartete bereits Viktor, Annas Exfreund, mit seiner Clique. Als Sebastian mit Anna im Arm an ihnen vorbei ging, flippte Viktor aus. Er ließ sich weder von Sebastian noch von Anna beruhigen und beleidigte Sebastian aufs Übelste. Anna drängte sich zwischen beide, um eine Auseinandersetzung zu verhindern. Doch dafür war es bereits zu spät. Sebastian und Stefan gerieten in eine wilde Schlägerei. Als nach einer gefühlten Ewigkeit endlich die Polizei kam war Sebastian erleichtert. Doch was dann folgte, konnte Sebastian nicht fassen.

Viktor und seine Freunde behaupteten Sebastian und Stefan hätten die Schlägerei angefangen. Sebastian verneinte zwar, aber da Stefan durch seinen Rausch mittlerweile nicht mehr ansprechbar und glaubwürdig war und Anna aufgrund der Schlägerei verschwand, gab es niemanden mehr, der auf Sebastians Seite gewesen wäre. Niemand konnte ihn jetzt noch unterstützen. Polizeihauptmeister Hörmann nahm ihn sogleich mit auf die Wache. Für den Polizisten war klar, wer der Übeltäter war. Nämlich Sebastian.

Als der Polizist eingesehen hatte, dass aus Sebastian nichts heraus zu bekommen war, lies er von ihm ab. Sebastian kam langsam wieder zu sich. Sein Gesicht schmerzte unheimlich. Mit Mühe kramte er sein Handy aus der Hose und rief seine Mutter an. Als diese Sebastian

20 Minuten später abholte, war sie geschockt. Ihrem Sohn fehlte ein Stück Schneidezahn und seine Lippe, sowie eine Augenbrauen waren aufgeplatzt.

Der Polizist behauptete jedoch, dass sich Sebastian seine Verletzungen bei einer Schlägerei zugezogen hatte, die er selbst verursacht habe. Sebastian konnte es nicht fassen.

Zigarette

Auf eine Zigarette mit Kurt Cobain

von Luisa Graf

Berghain, Berlin, etwa zwei Uhr nachts. Die Drogen, in meinem Körper, lassen ihn beben und ich tanze so wie nie zu vor. Ich schließe die Augen, lasse alles an mir vorbei ziehen und drehe mich dazu wild im Kreis. Mein Herz schlägt im schnellen Takt der Musik, die so laut aus den Boxen dröhnt, dass ich glaube, meine Ohren würden im nächsten Moment abfallen. Doch sie tun es nicht. Sie nehmen die Musik auf, lassen ihr Zutritt in meinem Körper und spielt dabei verrückt. Ich habe mich noch nie so lebendig gefühlt wie jetzt. Es kommt auf den Moment an und dieser hier ist perfekt.

Meine Augen sind immer noch geschlossen, bahne mir damit einen Weg durch die schwitzende Menschenmasse um der Musik näher zu kommen. Doch auf einmal stoße ich gegen etwas und spüre kratzigen Bart an meiner Stirn. Benommen öffne ich die Augen. Ein Mann steht vor mir. Er ist etwa 1,80 groß und seine dunkelblonden Haare hängen wirr über sein Gesicht. Ich kann nicht aufhören ihn anzusehen. Seine Augen, sein sanfter Blick, der irgendwo zwischen meiner Nase und meinem Mund ruht. Ich nippe an meinem Bier, das ich immer noch in der Hand halte. Ich weiß nicht wie lange wir so da stehen und uns ansehen, aber irgendwann wird die Stille zu viel für meinen Körper.

Um die Spannung zu lockern beuge ich mich vor und flüstere „Linda" in sein Ohr. Er schaut mir in die Augen und lächelt. Es ist weder ein warmes noch ein kaltes Lächeln. Vielleicht eins, das nicht weiß was es denken soll. Auf einmal greift er nach meinem Arm. Er zieht mich weg von der Menschenmasse, die sich immer noch wild und schwitzend zum Takt der Musik bewegt. Mir war überhaupt nicht mehr bewusst, dass wir in Mitten dieser Leute standen. Abseits der Feiernden, zückt er eine Schachtel Zigaretten aus seiner Hosentasche und hält sie mir hin. Ich nehme eine und streife für einen kurzen Moment seine Haut. Warme, weiche Haut. Die Stelle an der ich ihn berührt hatte, fühlt sich elektrisch geladen an und sie kribbelt leicht. Er zündet seine Zigarette an und hält mir das Feuer vor die Nase. Ich inhaliere den Rauch, lasse ihn für einige Sekunden in meinem Körper gefangen, bis ich ihn wieder aus mir heraus quellen lasse. Rauchend und Schweigend stehen wir uns gegenüber. Es ist diese Magie, die aus lauter Musik und Menschen entsteht. Es fühlt sich gut an, viel zu schön um sich ein Ende zu wünschen. Man genießt, die innere Verbundenheit und die Magie, obwohl man sich nicht kennt.

Er nimmt den letzten Zug, lässt die Zigarette fallen und tritt sie mit dem Fuß aus. Er sieht mir noch einmal ein paar Sekunden in die Augen, bis er seine Hand nimmt und seine Finger meine Haare hinunter, den Hals entlang und bis zu den Schultern gleiten lässt. Jede Berührung pulsiert meinen Körper und ich habe das Gefühl mich nie wieder Bewegen zu wollen. Er nimmt seine Hand streicht wir über die Wange, meine ungeordneten Haare nach hinten. Ich schließe die Augen. „I'm Kurt.", flüstert mir seine Stimme ins Ohr. Der warme Hauch, den sie hinterlässt spüre ich noch stundenspäter an meinem Ohr. Als ich meine Augen wieder öffne, ist er verschwunden.

Aus dem Leben einer Zigarette

von Karoline Lutz

Es war einmal eine kleine Zigarette, die zusammen mit vielen anderen in einer weißen Papierschachtel wohnte. Sie führten ein friedliches Leben. Es gab keinen Stress und keine Sorgen. Frieren musste die kleine Zigarette auch nie. Aber das Beste von all dem war, dass sie nie allein war. Die größte Angst der kleinen Zigarette war nämlich, eines Tages alleine zu sein. Weit weg von den Anderen. Krank vor Sorge, wie es ihnen denn ginge. Ihre Angst war sogar so groß, dass sie regelmäßig Albträume davon bekam. Aber jedes Mal, wenn dies geschah, waren die anderen Zigaretten sofort da und trösteten sie.

Es geschah nun eines Tages, dass die kleine Zigarette auf einmal den Drang verspürte die Welt außerhalb ihrer sicheren, weißen Schachtel erkunden zu wollen. Jedoch würde dies auch bedeuten, dass sie dieses Abenteuer alleine bestreiten musste, da keine andere Zigarette gewillt war die Schachtel zu verlassen. Erschwerend kam hinzu, dass die Schachtel noch ungeöffnet war, aber die kleine Zigarette war sich sicher, dass sie dieses Problem irgendwie überwinden könnte, wäre da nicht, nach wie vor, die Angst vor dem Alleinsein. Hin und hergerissen zwischen ihrem Abenteuerdrang und ihrer Angst entschied sie sich letztendlich doch dazu in ihrer sicheren Schachtel bei den anderen zu bleiben.

Die Tage vergingen und alles blieb beim Alten, bis eines Tages, die Schachtel geöffnet wurde.

Eigentlich war es ein Tag wie jeder andere und die Zigaretten gingen ihrer Lieblingsbeschäftigung nach: Sie taten nichts. Auf einmal ging eine Erschütterung durch die Schachtel. Die Zigaretten hörten ein reißendes Geräusch und kurz darauf wurden sie alle von einem gleißenden Licht geblendet. Mit dem Licht verschwand auch die gemütliche Wärme in der Schachtel und ebenso die Sorglosigkeit. Als die kleine Zigarette sich an das Licht gewöhnt hatte, erschrak sie. Die Schachtel war leerer geworden. Ein paar Zigaretten waren einfach weg. Die kleine Zigarette konnte sich nicht erklären, wohin ihre Freunde verschwunden waren, bis auf einmal eine große Hand von oben kam und noch einen ihrer Freunde entführte. Blankes Entsetzen packte die kleine Zigarette, als sie hilflos mit ansehen musste, wie ihre Freunde, Einer nach dem Anderen von der Hand verschleppt wurden. Sie konnte absolut nichts dagegen unternehmen. Sie konnte sich ja nicht einmal bewegen.

So verschwanden allmählich all ihre Freunde, bis nur noch die kleine Zigarette übrig war. Ganz allein in der weißen Pappschachtel, die ihr jetzt ungeahnt groß, leer und kalt vorkam. Da kam die große Hand ein letztes Mal um nun auch die kleine Zigarette zu entführen. Der kleinen Zigarette war klar, dass ihre Zeit nun gekommen war. Die anderen Zigaretten hatten ihr erzählt, dass man sie irgendwann anzünden würde und so wartete sie auf den brennenden Schmerz, der sie von dieser Welt erlösen würde. Doch irgendetwas stimmte nicht. Der Schmerz blieb aus und auf einmal flog die kleine Zigarette in hohem Bogen durch die Gegend, bis sie mit einem kleinen „platsch" auf dem harten Steinboden aufschlug. Das letzte, was sie von dem Mann, der sie eigentlich rauchen sollte noch mitbekam war: „Was soll ich mit so 'nem kleinen Stummel? Das lohnt sich ja gar nicht!"

Dann war alles still. Die kleine Zigarette war ganz allein. Irgendwann kam ein Hund vorbei, schnüffelte kurz an ihr und verschwand dann aber wieder. Die Zeit verging und die kleine Zigarette blieb allein. Ab und zu rollte sie aufgrund einer Windböe ein Stück weiter, aber im Großen und Ganzen änderte sich nichts, bis es irgendwann anfing zu regnen. Erst waren es nur ein paar kleine Tropfen, die aber schon nach kurzer Zeit zu einem richtigen Wasserfall anschwollen. Das Wasser verschlang die kleine Zigarette und spülte sie fort, bis zu einem Gulli, in dessen unendlichen Tiefen die kleine Zigarette letztendlich verschwand.

Frühstück im Bett

von Marie-Luisa Schneider

Es war heiß und Julia schwitzte. Ihre Ohren taten weh vom Dröhnen der Bässe. Sie musste hier raus. Sie sah zu ihrer Freundin Nadja rüber, die gerade an der Bar stand und sich anscheinend blendend mit einem jungen, nicht unattraktiven Mann unterhielt. Ines, ihre andere Freundin, war nirgendwo zu sehen. Ihr blieb also nichts anderes übrig, als alleine nach draußen zu gehen. Als sie dort so alleine draußen auf der Terrasse stand, kam sie sich doof vor, vermutlich sah sie aus wie bestellt und nicht abgeholt. Sie kramte aus ihrer kleinen Handtasche ihr Handy heraus und wunderte sich, wie selbst in so einer kleinen Tasche das Handy so schwer zu finden sein konnte. Sie tippte ein bisschen auf dem Bildschirm herum, scrollte sich durch das Handy-Menü, ohne ein bestimmtes Ziel, nur um nicht ganz so blöd dazustehen. „Hey!" sagte auf einmal jemand leise neben ihr, Julia zuckte kurz zusammen, da sie nicht damit gerechnet hatte und sah zur Seite. Dort stand er, groß, blonde Haare, grüne Augen, in einem bunten Hemd, einer dunkelblauen Jeans und mit einer Zigarette in der Hand. Und für einen Augenblick fühlte es sich so an, als würde ihr Herz kurz stehenbleiben.

Er wurde wach vom Strahlen der Sonne durch das große Fenster seines Penthouses. Als er sich zur Seite drehte und sie neben sich liegen sah, musste er grinsen. Es war so einfach gewesen. Man musste nur kurz mit ihnen reden, ein paar Komplimente machen und schon liefen sie ihm hinterher wie ein Hündchen. Auch sie öffnete langsam die Augen. „Guten Morgen, wunderschöner Engel", hauchte er ihr ins Ohr und sie lächelte ihn verliebt an. „Guten Morgen", erwiderte sie. „Warte hier, ich komme gleich wieder", mit diesen Worten schwang er sich aus dem Bett und ging in die Küche. Schnell nahm er ein paar Scheiben Brot aus dem Korb, holte

Butter und die selbstgemachte Marmelade seiner Mutter aus dem Kühlschrank, ließ den Kaffee durch die Maschine laufen und stellte alles auf ein großes Serviertablett. Er wusste, dass es nie schadete, auch am nächsten Morgen der perfekte Gentleman zu sein. Nach seiner Handynummer zu fragen trauten sie sich meistens sowieso nicht und um sie nicht ganz hoffnungslos nach Hause zu schicken, sammelte er ihre. Anrufen tat er sie nie. Und wenn er nicht anrief, trauten sie sich auch nicht, persönlich nochmal bei ihm Zuhause zu klingeln. Als er gerade mit dem Tablett ins Schlafzimmer zurücklaufen wollte, hörte er ein Klicken im Türschloss. Und für einen Augenblick fühlte es sich so an, als würde sein Herz kurz stehenbleiben.

Sie versuchte, so leise wie möglich einzutreten. Dass die Mutter ihrer beste Freundin, die in einer anderen Stadt wohnte und bei der sie die Woche über bleiben wollte, schon am dritten Tag ihres Besuches die Treppe hinuntergestürzt war, jetzt im Krankenhaus lag und bei ihrer Entlassung morgen die Hilfe ihrer Tochter zuhause benötigte, war wohl Schicksal gewesen. So sehr hatte sie sich nach ihm gesehnt, obwohl sie erst wenige Tage getrennt waren. Es war 10.30Uhr. Bestimmt schlief er noch. Auf Zehenspitzen schlich sie ins Schlafzimmer. Er würde sich sehr freuen, das wusste sie, weil er ihr jeden Tag mehrere Nachrichten geschickt hatte und ihr gesagt hatte, wie sehr sie ihm fehlte. Ihr Herz schlug freudig bei dem Gedanken daran, gleich von ihm in die Arme geschlossen zu werden. Sie hörte ein Klappern in der Küche. Er war also schon wach! Früh für seine Verhältnisse. Lächelnd vor Freude lief sie durch das rießige Wohnzimmer in die Küche. Dort stand er und sah sie überrascht an. Sie sprang ihm um den Hals, gab ihm zahlreiche Küsse und fühlte sich wie der glücklichste Mensch der Welt. „Hey, hey, hey...", unterbrach er ihre stürmische Begrüßung, „was machst du denn schon wieder hier?". Irgendwie sah er nicht so begeistert aus, wie sie sich vorgestellt hatte. Seine Augen funkelten, aber es war nicht das Funkeln, in das sie sich vor zwei Jahren verliebt hatte, es war ein bedrohliches Funkeln, ein furchter-regendes. Und als plötzlich eine weibliche Stimme aus dem Schlafzimmer in die Küche drang und „Süßer, telefonierst du oder ist da noch irgend-jemand?" rief, packte er sie in Blitzesschnelle an den Schultern. Als ihr Kopf auf die Kante des Küchentischs aufschlug, war ein lauter, dumpfer Schlag zu hören. Und innerhalb eines kurzen Augenblicks blieb ihr Herz für immer stehen.

Wie alles mit einer Zigarette begann...

von Nadine Fischer

An der Tür klingelt es. Erschrocken reißt er seinen Kopf herum. „Oh mein Gott, lass es nicht die Polizei sein", denkt er verzweifelt. Er hofft, wenn er nur lange genug wartet, würden sie vielleicht wieder gehen. Seine Mutter kommt die Treppe herunter. „Flo, willst du nicht aufmachen?". „Nein!". Er schreit beinahe. Sie bedenkt ihn mit einem skeptischen Blick. Er wusste, wie er die letzte Woche auf sie gewirkt haben musste. Hektisch, nervös und schon fast paranoid. Bei jedem Geräusch zuckt er zusammen. Es klingelt erneut. „Ich mache jetzt die Tür auf.", sagt seine Mutter und wartet auf seine Reaktion. Diese ist genauso verwunderlich wie sein restliches Verhalten in letzter Zeit. Er ruft „Ich mach das!", und sprintet an ihr vorbei zur Haustür. Bitte lass es nur die nervige Nachbarin sein, betet er. Er öffnet die Tür und auf einmal ist sein Kopf wie leergefegt. Das letzte, was er denkt, ist seltsamerweise: Unser Nachbar müsste dringend einmal wieder seine Hecke schneiden. Dann spielt sich der verhängnisvolle Tag von vor einer Woche wie ein Film in seinem Gehirn ab.

„Hey Jungs, ich hab ne super Idee, was wir heut Abend machen könnten!", ruft sein Freund Patrick begeistert. Der Rest der Gruppe schaut ihn erwartungsvoll an. „Schaut mal, was ich gefunden habe!" ruft sein Freund, und hält einen Haustürschlüssel in die Höhe. „Damit können wir in die Villa der alten Frau Weiß." Sofort bestürmen ihn die anderen mit Fragen: „Wo hast du den her?", „Was wollen wir da?" und „Ist sie etwa nicht zuhause?". „Immer mit der Ruhe, Leute. Eins nach dem andern. Den hab ich mir geliehen, sie hat immer einen Ersatzschlüssel unter dem Fußabstreifer. Und nein, sie ist im Urlaub, und zwar für die nächsten vier Tage. Und was wir da wollen? Ja ganz klar, feiern natürlich!". Der Rest ist begeistert und sofort dabei, Einkaufspläne zu erstellen. Nur Flo sitzt in

Gedanken versunken daneben, und hat so seine Zweifel. Das kann doch nicht gut gehen. Doch zuletzt lässt auch er sich überreden und abends machen sie sich grölend auf den Weg. Patrick steckt den Schlüssel in die Haustür und -er passt. Einen kurzen Moment hatte Flo sogar gehofft, dass sie nicht reinkommen würden, alle hätten sich lautstark aufgeregt und sie wären wieder gegangen. Wäre es nur so gekommen! Doch stattdessen begeben sie sich auf den Dachboden des riesigen Anwesens, denn dort ist die Atmosphäre am gruseligsten. Überall liegen alte Dokumente, Fotos und Bretter herum. Bald beginnen sie, zu trinken und Flos Zweifel lösen sich in Luft auf. Er lacht am Lautesten und reißt die lustigsten Witze. Martin hat Zigaretten von seinem Vater mitgehen lassen und bald hängt dicker Qualm in der Luft. An einen Aschenbecher hatte keiner gedacht, also drücken alle ihre Kippen auf dem Boden aus. Als es schon wieder hell wird, beschließen die Jungs, noch eine Abschlusszigarette zu rauchen, und am nächsten Abend wiederzukommen. Fröhlich lachend und singend macht sich die angetrunkene Gruppe auf den Heimweg. Flo ist wahnsinnig erleichtert, dass sie nicht erwischt wurden und legt sich zufrieden ins Bett. Am nächsten Tag kann er seinen Rucksack mit dem Geldbeutel nirgends finden. Da fällt es ihm siedend heiß ein. Er hatte ihn in der Villa der alten Frau liegen lassen. Er bittet Patrick um den Schlüssel und fährt mit dem Fahrrad noch einmal durch das Waldstück zur abgelegenen Villa. Doch was er dort sieht, lässt ihm das Blut in den Adern gefrieren. Um ein Haar wäre er vom Fahrrad gefallen. Feuerwehrautos und die Polizei stehen vor dem Grundstück. Doch was ist mit der Villa geschehen? Das oberste Stockwerk war komplett abgebrannt. Der Bau qualmt immer noch. Wie konnte das nur passieren? Da sieht er plötzlich ein Bild vor sich: einen noch glühenden Zigarettenstummel, achtlos weggeworfen. Bevor ihn jemand sehen kann, fährt er schnell wieder heim und sagt sofort all seinen Freunden Bescheid, die mit dabei waren. Seine Gruppe beschließt, niemandem von der Sache zu erzählen, doch was ist mit seinem Rucksack? Der Geldbeutel enthält Flos Personalausweis, man würde ihn leicht zurückverfolgen können. „Blödsinn, der ist doch mit verbrannt, mach die keinen Kopf!", meint Patrick. Doch Flo kann seitdem nicht mehr ruhig schlafen. Er hat ein wahnsinnig schlechtes Gewissen der alten Frau gegenüber. Wie sind sie bloß auf diese hirnverbrannte Idee gekommen, in ihre Villa einzubrechen? Er versucht, sich einzureden, dass alles Patricks Schuld sei, da er mit dem Schwachsinn angefangen hatte, und dass keiner auf seinen Geldbeutel stoßen würde. Doch er kann sich nicht wirklich beruhigen. Ständig hat er das Gefühl, seine Nachbarn richten anklagende Blicke auf ihn. Alle wissen Bescheid. Immer wenn es an der Tür oder am Telefon klingelt, bricht ihm der Angstschweiß aus. Nur wegen dieser verdammten, letzten Zigarette. Da reißt ihn eine Stimme aus seinen Gedanken.

„Leider haben wir Grund zur Annahme, dass ein Tatbestand wegen schwerer Sachbeschädigung gegen Sie vorliegt. Wir müssen Sie vorläufig festnehmen."

Die letzte Zigarette
von Sarah Kappel

Ich bin auf dem Weg nach Hause. Es regnet wie aus Kübeln. Das ist doch nicht mehr normal! Ich kann draußen schon fast nichts mehr erkennen, wenn ich aus der Windschutzscheibe meines Fiat Twingos schaue. Meine Konzentration ist so hoch, wie sie zuletzt bei meinen Abiturprüfungen war. Es ist äußerst schwierig die rutschige Landstraße nicht zu verlassen, wenn man sich durch den starken Regen kämpfen muss. Um mich von dem Stress ein wenig abzulenken rauche ich eine Zigarette. Der Qualm ist leider nicht sonderlich hilfreich bei diesen Luftverhältnissen im Auto. Doch lüften kann ich nicht, weil ich sonst mein Auto in eine Sintflut stürzen würde. Meine Scheiben sind schon so beschlagen, dass ich immer wieder einen kleinen Schwamm zu Hilfe ziehen muss, um wieder etwas durch meine Scheiben sehen zu können.

Ich drücke die Zigarette aus und suche auf dem Beifahrersitz, in meiner Handtasche nach meiner Zigarettenpackung. Wenn ich in Stresssituationen gerate muss ich mehrere Zigaretten rauchen. Ohne meinen Blick von der Straße abzuwenden durchwühle ich die Tasche, doch kann nichts finden. Irgendwo muss doch diese verflixte Packung sein. Ich hab mir vor Fahrtantritt doch erst meine Zigarettenration für den ganzen Tag gedreht und in die Handtasche gesteckt. Während meine Hand weiter wühlt, schiele ich immer wieder zur Handtasche um wenigstens die Umrisse der Dinge erkennen zu können. Zum Vorschein kommen mein Handy, mein Portemonnaie und mein Feuerzeug, doch diese kleine Packung mit meinen Zigaretten bleibt leider verschwunden. Ich öffne also das Handschubfach und durchstöbere dieses. Finden kann ich eine kleine Zigarette, die mir ziemlich merkwürdig vorkommt und von einer Marke ist, die ich nicht mehr entziffern kann. Ein leicht seltsamer, aber dennoch süßlich riechender Geruch weht mir entgegen.

Egal, Hauptsache eine Zigarette, die mich von dem Stress etwas beruhigt. Also zünde ich dieses kleine Ding an und nehme erstmal einen kräftigen Zug. Ich spüre, wie das Nikotin in meine Lunge vordringt und sich schlagartig verbreitet. Ein süßlicher Geschmack macht sich auf meiner Zunge breit und ich merke, wie sie auf einmal richtig schwer wird. Es ist ein lustiges Gefühl, weswegen ich mir ein Gackern nicht verkneifen kann. Ich kann nicht mehr richtig reden, weil meine Zunge wie eine fette Kartoffel meinen Mund blockiert. Ich kichere blöd vor mich hin und bemerke, wie die Straße und die umliegende Landschaft immer mehr miteinander verschwimmen.

Meine Lachanfälle werden immer heftiger. Alles ist auf einmal total komisch und witzig. Meine Konzentration lässt auch immer mehr nach und ich fahre schneller. Was mir irgendwie nicht einmal auffällt, aber Angst habe ich nicht. Mir wird abwechselnd warm und dann schlagartig wieder kalt. Mit diesen Umschlägen kommt mein Auto nicht mehr mit, da ich die ganze Zeit zwischen Klimaanlage und Heizung wechsle.

Mit einem Schlag bekomme ich richtigen Heißhunger auf Schokolade und will unbedingt etwas trinken. Gegen meinen Durst kann ich mir helfen, da ich mir extra eine Flasche Wasser eingepackt habe. Bei dem Versuch mit meiner linken Hand übers Lenkrad zu meiner Handtasche zu greifen vergesse ich, dass ich noch fahre. Ich lenke in einen vom Regen schlammigen Seitengraben. Ich kann mich durch Gegenlenkung aber gerade noch wieder halbwegs auf die Straße retten. Allerdings ist jetzt alles zu spät. Ich kann weder mich noch den Wagen kontrollieren. Ich fahre Schlangenlinien. Meine Reifen drehen, wegen dem Schlamm mehrmals durch und der Wagen rutscht hin und her auf dem nassen Asphalt. Mein Kichern ist mittlerweile in ein Heulen übergegangen. Wegen den Tränen kann ich nichts mehr sehen.

Mein Wagen dreht durch und er lenkt sich selbst wieder in den Graben. Jeglicher Wiederstand von mir ist zwecklos. Ich sehe nur noch den Baum auf mich zukommen und versuche auszuweichen, doch es ist zu spät. Ich knalle frontal mit dem Baum zusammen. Der Airbag schlägt mir ins Gesicht und ich schreie laut auf. Der Schmerz ist unerträglich. Das Letzte, was ich noch sehe ist, wie Blut auf den Arm vor mir fließt, den ich zum Schutz vor mein Gesicht gehalten hatte. Danach ist alles dunkel. Ich sehe ein weißes, grell leuchtendes Licht, das mich umschließt. Es macht mir Angst. Von der einen Sekunde auf die andere ist alles weg. Ich spüre nichts mehr, sehe nichts mehr. Ist das jetzt das Ende? Ich fühle mich erlöst und unendlich leicht...

... Rauchen kann tödlich sein, kann ich jetzt bestätigen.

U-Bahn

13 Jahre

von Lucie Geelhaar

Mein Name ist James Miller und ich bin tot. Ich starb am 27. November 1999, doch nach all der Zeit kann ich noch immer keine Ruhe finden. Es liegt nicht daran, dass ich einer geliebten Person nachtrauere und deswegen im Diesseits festgehalten werde, sondern weil ich herausfinden möchte, wer mich verdammt nochmal vor diese dämliche U-Bahn gestoßen hat!

Bis jetzt kann ich mich nur bis zu einem bestimmten Punkt erinnern: Die dunkle Treppe des U-Bahn Schachtes, die wie eine schwarze Höhle wirkte. Die Lichter waren ausgefallen. In der heutigen Zeit kann man sich das nicht mehr vorstellen, doch wir reden hier von dem Jahr 1999. Nicht bekannt für seine Fortschrittlichkeit bezüglich U-Bahn Lichtern. Zu meinem Pech muss ich gestehen, dass ich damals alleine in die Dunkelheit ging, doch ich war so aufgewühlt von dem Jobangebot, das ich kurz zuvor von meinem Chef erhalten hatte, dass ich in meinem glücklichen Leichtsinn alles um mich herum ausblendete. Ich meine, was ist schon schlimm an einem dunklen U-Bahn Tunnel, wenn man sich unbesiegbar fühlt?

Das Blöde an diesem Verweilen bei den Menschen ist, dass man alles sieht, hört, schmeckt und auch teilweise Dinge spüren kann, doch seit 13 Jahren kein einziges Wort mit einem Menschen gesprochen zu haben, ist nicht gerade leicht. Die menschliche Sehnsucht nach Erfolg und Anerkennung ist auch bei mir noch da, vielleicht sogar noch stärker ausgeprägt als bei manchen lebenden Menschen. Endlich habe ich nun aber eine Möglichkeit gefunden mich aus diesem Schlamassel zu befreien, denn ich möchte endlich nicht mehr durch die Straßen irren, immer wieder meinen Tagesablauf durchspielen, um doch nie wirklich weiterzukommen. Ich fühle mich eingesperrt in dieser Welt aus Verbrechen, Leid und

Schmerz. Meine neue Aufgabe heißt also: Befreie dich von deinen Ketten, die dich auf der Erde festhalten.

Mein Puls beschleunigt sich, als ich die Treppe hinuntersteige und gegen die Schwärze in meiner Erinnerung ankämpfe. Ich versuche nachzuempfinden wie meine Umgebung ausgesehen hatte: abgerissene Plakate, jede Menge Schmutz und diese Leere, die nur von unheimlichen und verlassenen Orten ausgehen. Ich gehe weiter ohne mich von der Angst übermannen zu lassen, die nun doch die Oberhand zu gewinnen beginnt. Aber ich darf mich nicht ablenken. Ich muss endlich loslassen.

Ich höre ein Geräusch, als ich mir meine Haare aus dem Gesicht streiche: Klick, Klack, Klick, Klack. Absätze, die eine Treppe hinabsteigen, mutmaße ich. Meine Angst verwandelt sich langsam in Hoffnung, da ich in meiner Erinnerung noch nie weiter als die Treppe hinunter gekommen bin. Niemals habe ich eine Frau bemerkt und vielleicht ist sie die Antwort auf mein Dilemma. Vielleicht kann ich durch sie endlich erlöst werden. Aber zuerst muss ich herausfinden, ob sie mir wohlgesinnt ist. Sie könnte auch mein Mörder sein. Doch meine Zweifel lösen sich in Luft auf, als ich die Frau erblicke, die nun auch auf dem Bahnsteig steht. Sie als wunderschön zu bezeichnen wäre richtiggehend eine Untertreibung. Zaghaft gehe ich auf sie zu, um sie nicht zu erschrecken und bemerke dabei die Lampe, die sie in der Hand hält. In ihren Schein trete ich nun und versuche entspannt zu wirken, aber sie zuckt trotzdem zusammen, als sie mich wahrnimmt.

„Hallo, ich heiße James. Tut mir leid, wenn ich dich erschreckt habe. Das wollte ich nicht!", spreche ich sie an. Sie öffnet den Mund, aber kein Ton kommt daraus hervor. Sie steht einfach nur da mit offenem Mund und starrt mich an. Ich betrachte sie genauer und sie scheint sich vor meinen Augen zu verändern. Wenig nur, doch ganz eindeutig. Die Wärme weicht aus ihren Augen und auch ihre hochgezogenen Schultern fallen herab und nehmen eine ganz andere Position an, die mir sagt, dass ich ihr nicht sofort vertrauen darf. „Das klingt jetzt vielleicht seltsam, aber eigentlich bin ich tot. Und ich habe das Gefühl, dass du mir helfen kannst. Bitte!", fahre ich fort. Eine ihrer Augenbrauen schnellt in die Höhe und ihr Mund verzieht sich zu einem hämischen Grinsen: „Tot? Danach siehst du mir nicht aus. Eher verzweifelt. Aber ich kann dir helfen, ganz bestimmt sogar!"

Erleichtert stoße ich die angehaltene Luft aus und zeige ein kleines Lächeln. Dabei wallt ein leises Lüftchen auf, das mir sagt, dass die U-Bahn gleich einfahren würde. Ich drehe mich in diese Richtung und bin glücklich. Nicht mehr lange würde es dauern und ich müsste nicht mehr unter diesen Menschen sein, die sich ihres Glückes einfach am Leben zu sein, nicht erfreuen können. Wieder beruhigt einschlafen und das Gefühl von Vollständigkeit haben, ich war meinem größtem Wunsch ein wenig näher gerückt. Eine zierliche Hand, die mich am Oberarm packt, reißt mich aus meinem Glückszustand heraus. Die Frau, erstaunlich kräftig für ihre Statur, zerrt mich zu der Kante des Bahnsteiges. In ihren blauen Augen glitzern Tränen, während sie eine Waffe aus ihrer Manteltasche zieht und mir an den Kopf hält. „Du bist tot hast du gesagt? Noch bist du es nicht, aber ich habe dir ja gesagt, dass ich dir helfen werde!", sagt sie, als sie mich zwingt mich auf den Bauch zu legen, den Kopf über der Kante. Der Wind zerrt an meinen Haaren.

Ich blicke der Frau noch einmal ins Gesicht und kann nicht fassen, was sie da tut. Doch vielleicht ist ja noch einmal sterben genau meine Befreiung? Ich weiß es nicht und es ist mir auch egal. Ich wende den Blick ab und sehe die Lichter der U-Bahn immer näher kommen. Sie blenden mich und ich muss die Augen schließen. Doch jemand zwingt sie mir mit Gewalt wieder auf und leuchtet mir mit einem noch intensiveren Licht hinein. Ich drehe den Kopf weg und frage: „Ist es endlich vorbei? Bin ich nun von dieser schrecklichen Welt befreit? Kann ich endlich gehen?" Ich weiß nicht, wem ich diese Fragen stelle, doch ich bekomme erstaunlicherweise eine Antwort: „Tut mir leid, Mr. Miller, wenn ich sie enttäuschen muss, aber erlöst von der Welt und dem Leben sind sie noch nicht!"

Ich drehe mich um und entsetzt stelle ich fest, dass ich es offensichtlich noch immer nicht geschafft habe zu gehen, stattdessen spüre ich ein Kissen und ein Bett unter mir, kein dreckiges U-Bahn Gleis. Ich höre, wie die Stimme, die eben zu mir gesprochen hatte, zu einer anderen Person sagt: „Es ist unglaublich, dass er aufgewacht ist! Nach über 13 Jahren Koma! Dieser Unfall war aber auch abstrus, als der Hund ihn von hinten ansprang und so vor die Gleise stieß!" Ich realisiere, dass ich nicht von der Welt befreit bin, sondern wieder wie jeder andere normale Mensch leben kann. Doch will ich das wirklich, jetzt, da ich eigentlich sterben möchte?

Fahrtwind

von Johanna Liebl

„Die U-Bahn fährt in Kürze ein, bitte zurücktreten", dröhnte es aus den Lautsprechern neben den beiden Mädchen. Schüchtern blickte das eine mit dem blauen Pullover zu ihrer Freundin hinüber.

Die Angst stand ihr ins Gesicht geschrieben und ihre Hände zitterten sogar ein bisschen.

Als ihr Blick den ihrer Freundin traf, sah sie sofort auf den Boden. Diese tat so, als würde sie die Nervosität des anderen Mädchens nicht bemerken und rieb sich die eiskalten Hände.

Die U-Bahnstation war menschenleer und die beiden Gestalten wirkten in der dunklen Nacht wie zwei Schatten, die sich nur durch Zufall an diesen einsamen Ort verirrt hatten.

„Die U-Bahn fährt jetzt ein", kam es knarrend aus den Lautsprechern und man sah im Tunnel bereits die Lichter des ersten Wagons aufblitzen. Das Mädchen in Blau erstarrte, bis es langsam den Kopf wandte und ihrer Freundin ins Gesicht blickte. Ihr Atem begann immer schneller zu gehen und sie rieb sich die schweißnassen Hände an der Hose ab.

Sie war sich nicht sicher ob sie das überhaupt wollte. Aber ihre Freundin lies ihr keine Zeit für Zweifel. „Komm schon" rief sie ungeduldig und trat näher an die Gleise heran. Als das andere Mädchen nicht gleich reagierte seufzte sie und streckte ihr die Hand entgegen. „ Wir schaffen das." Das Mädchen mit dem blauen Pulli sah ihr in die Augen, entdeckte dort jedoch nicht den kleinsten Anflug von Zweifel. Das Rattern der Gleise wurde immer lauter, als sich die U-Bahn weiter näherte und nach kürzerem Zögern ergriff sie schließlich die ihr entgegen gehaltene Hand. Das andere Mädchen lächelte zufrieden. „ Na also. Betty meinte, du würdest dich nicht trauen, aber ich hab ihr gesagt, dass du so was doch mit Links machst", meinte sie während sie ihrer Freundin einen Klaps auf die Schulter gab. Plötzlich rauschte die U-Bahn in die Station hinein.

Erschrocken wirbelten die Mädchen herum, doch die Überraschung dauerte nur wenige Sekunden. Adrenalin schoss durch die Körper der beiden, noch bevor die U-Bahn auch nur zwanzig Meter entfernt war, sahen sich die Mädchen für einen kurzen Augenblick lang an. Die Worte des Mädchens in Blau gingen im Rauschen der Bahn unter, doch konnte das andere sie mühelos von ihren Lippen ablesen: „Lass meine Hand nicht los!"

Dann sprangen sie auf die Gleise. Die Zeit schien stehen zu bleiben, als das Mädchen nach vorne hastete. Mit wenigen, gezielten Schritten überquerte sie die kurze Strecke und wich geschickt den Schienen aus. Das aufgeschreckte Hupen der U-Bahn erklang wenige Meter vor ihr, sowie das panische Quietschen der Bremsen, als der Schaffner versuchte, die Bahn vor den beiden Mädchen zum Stehen zu bringen. Das eine hatte die Gleise bereits überquert und sprang schon den niedrigen Bahnsteig hinauf. Das mit dem Blauen Pullover strauchelte jedoch, als es mit dem Fuß gegen die letzte der beiden Schienen stieß.

Die andere landete geschickt in der Hocke, als sie plötzlich ein Ziehen an der Hand spürte. Als sie

sich umdrehte, blickte sie in das erschrockene Gesicht ihrer Freundin, die beinahe zu fallen drohte. Mit aller Kraft ließ sie sich nach hinten fallen und zog das Mädchen mit samt blauem Pullover auf den Steig. Gerade als diese landete, schoss die U-Bahn an ihnen vorbei und die beiden wurden vom Fahrtwind mitgerissen. Sie nutzte ihr gesamtes Gewicht, um sich gegen den Wind zu stemmen, weg von der U-Bahn, hin zu dem Ansehen, das sie von nun an in ihrer Clique haben würde. Mit einem letzten Ruck ließ die U-Bahn sie hinter sich und fuhr weiter in den Tunnel. Atemlos blickte das Mädchen ihr nach und spürte ein Zittern durch ihren Körper fahren. Erschöpft ließ sie sich auf die Knie fallen, als sie plötzlich bemerkte, dass sie immer noch die Hand ihrer Freundin hielt. Grinsend wandte sie sich zu ihr herum: „ Ich habe deine Hand nicht losgelassen, zufrieden?". Noch während sie das sagte, erstarb ihr Lächeln. Dort, wo gerade noch ihre Freundin gewesen war, hing nur noch deren lebloser Arm in ihrer Hand, zusammen mit einem Fetzen von ihrem blauen

Gelb für die Hoffnung

von Melina Hager

Heute, nach 25 Jahren stehe ich das erste Mal wieder hier. An dem Ort, an dem es passierte.

Ich gehe auf den Spiegel an der Bahnsteigkante zu, während die nächste U-Bahn sich durch dröhnendes Rattern ankündigt.

Die Rose, die ich meiner Hand halte, lege ich langsam auf die Bahnsteigkante. Es ist keine rote Rose, die die Liebe symbolisiert. Nein. Sie ist leuchtend gelb. Für die Hoffnung.

Ich sehe der Rose noch einen Moment zu, wie sich ihre Blätter im Wind bewegen. Man könnte fast meinen, sie würden vor Freude tanzen. Als ich mich von diesem tröstlichen Blick abwende, gehe ich auf eine Bank zu und setze mich in Gedanken verloren hin.

Damals, vor 25 Jahren war ich gerade 20 geworden. Ich verabredete mich mit meinen Freunden, um zu klauen. Wir hatten kein Geld. Niemand hatte Geld. Der Krieg war gerade verloren und die Stadt befand sich im Wiederaufbau. Mick und Ben warteten schon im Park auf mich. Sie begrüßten mich und wir machten den Ort aus, an dem wir uns mit unserer Ausbeute nach zwei Stunden treffen würden. Danach gingen wir getrennte Wege.

Ich marschierte den Park entlang, setzte mich kurz auf eine Bank und wartete ab, bis sich eine schwer beschäftigte Frau mit Kinderwagen neben mich setzte. Das Baby im Wagen schrie und sie versuchte es verzweifelt zu beruhigen. Ich sah mich nach ihrem Portemonnaie um und erblickte es in der großen Wickeltasche, die am Kinderwagen hing. Als ein kleiner Junge herbei rannte und seine Mutter anquängelte, war der perfekte

Moment für mich. Ich griff gezielt in die Wickeltasche und zog den Geldbeutel heraus. Anschließend stand ich auf und lies den kleinen Jungen sich setzen. Er hatte aufgehört zu quengeln und schaute mich interessiert an.

„Wieso hat der Mann deinen Geldbeutel bekommen Mama?", fragte der Kleine. Ich erstarrte, als ihr böser Blick mich traf. Als ich rannte schrie sie laut um Hilfe. Viele Spaziergänger schauten mir nur hinterher, doch manche versuchten mich aufzuhalten.

Als ich um die Ecke auf die Straße abbog, kam mir ein Polizeiwagen entgegen. Die Polizisten erkannten sofort die Situation und fuhren mir mit verratender Sirene hinterher. Die Angst packte mich und der Schweiß lief mir über die Stirn. Panisch rannte ich auf das große U-Bahnschild zu, dass nur 500 Meter entfernt war. In zwei Minuten würde eine Bahn ankommen und ich könnte fliehen.

Ich hastete die Treppen zur U-Bahn hinunter. Sie waren glitschig und nass. Ich kam ins Straucheln und fiel die letzten Stufen hinunter. Nur noch eine Minute bis die Bahn kam. Ich rappelte mich hoch, missachtete den stechenden Schmerz im Brustkorb und am Schienbein und rannte weiter zu den Gleisen.

Unten angekommen wurde es laut und voll. Lärmende Passanten, die in ihren täglichen Alltag vertieft waren und Pfiffe. Pfiffe von Polizisten, die sich einen Weg durch die Menge zu bahnen. Was war hier los? Ich blieb einen Moment kurz stehen und analysierte die Situation. In einer Ecke waren Sanitäter, die zwei Trunkenbolde mit blutigen Gesichtern verarzten. Auf dem Weg in meine Richtung befanden sich zwei Polizisten, die einen weiteren Blutverschmierten in Handschellen abführten.

Mir am nächsten stand ein Beamter mit Walkie-Talkie, der mich mit einem Mal anstarrte und anfing auf mich zu zu laufen. Panik packte mich.

Bis die U-Bahn kam, war es noch mindestens eine halbe Minute Zeit. Ich hatte keine Chance zu entkommen. Auf der Treppe erschien schon die Verstärkung.

Ich handelte schnell, packte eine junge Frau, die in Richtung Mülleimer ging und zerrte sie zur Bahnsteigkante. Die Frau schrie erschrocken auf und wehrte sich. Langsam ging ich mit ihr rückwärts auf die Kante zu und rief den Beamten entgegen: „Bleibt stehen, wo ihr seid und ich werde der Frau nichts tun!" Die Polizisten hielten inne und warteten ab. Das leise Rattern der Gleise sagte mir, dass die U-Bahn näher kam. Ich schaute kurz in den Tunnel und sah zwei stecknadelgroße Lichter aus dem Tunnel kommen.

Das Rattern wurde langsam lauter und ein kalter Wind kam auf.

Die Frau wimmerte vor mir, doch ich hörte nicht hin. Das Quietschen bremsender Räder setzte ein und das Rattern wurde unerträglich laut. Gleich war es so weit. Ich sah mich noch ein letztes Mal am Bahnhof um.

Die Polizisten standen wie erstarrt da, sperrten alle möglichen Fluchtwege ab und drückten die Menschenmenge zurück. Nur ein kleiner Junge, der gerade so stehen konnte, stand in Mitten des Bahnhofs und schrie: „Mama! Mama!". Seine großen Augen vor Angst geweitet, schaute er abwechselnd auf mich und in den Tunnel, wo die U-Bahn sich ankündigte.

Ich hatte nur noch wenig Zeit, um mich zu entscheiden. Die U-Bahn würde in ein paar Sekunden in den Bahnhof einfahren. Ich wollte diese kleine Familie nicht zerstören. Ich ließ die Frau los, damit sie sich um ihren Jungen kümmern konnte. Es geschah in Sekunden, doch es fühlte sich an, wie Stunden.

Die Lichter der U-Bahn waren nur noch Meter von uns entfernt, die Frau drehte sich verwundert zu mir um und kam aus dem Gleichgewicht. Ich streckte meine Hände aus, um sie aufzufangen, doch ihre Hände entglitten mir und sie fiel. Die U-Bahn hupte laut, doch der Schrei des Jungen durchbohrte mich und schien lauter zu sein, als alles andere.

Im nächsten Moment war die U-Bahn zum Stehen gekommen und alle Geräusche verstummten.

Ich fiel auf die Knie. Alles geschah in Zeitlupe. Leute fingen an, panisch zu schreien. Polizisten stürmten auf mich ein. Zerrten mich hoch. Ich schaute auf den kleinen Jungen, der immer noch alleine, in Mitten der Polizisten stand. Er schrie nicht mehr. Ihm floss nur eine einzige, stumme Träne aus seinen großen, blauen Augen über die Wange.

25 Jahre ist es jetzt her. Die Welt hat sich in meiner Haftzeit stark verändert. Keine Anzeichen auf den Tod einer unschuldigen, jungen Mutter, bis auf meine gelbe Rose, der sich ein Ende 20 Jahre alter Mann mit einer Frau an seiner Hand nähert. Er begutachtet die Rose und mit gefriert das Blut in den Ader, als er sich umdreht und mich mit großen, blauen Augen direkt anstarrt.

Jasmin

von Kim Nguyen

Der Platz neben ihm war leer. Tief in seinen Gedanken versunken blickte er auf sein Smartphonedisplay. Plötzlich erschien das Gesicht einer hübschen Blondine auf dem Bildschirm; Mona rief an. Instinktiv bewegte sich sein Daumen auf den Knopf "Annehmen", doch dann hielt er inne und wartete bis Monas Gesicht wieder verschwand.

Er seufzte und ließ den Blick zum Fenster wandern. Die Straßenbahn fuhr Richtung Innenstadt. Der Himmel war bedeckt von grauen und schweren Wolken, einzelne Regentropfen prasselten gegen die Glasscheibe und hinterließen eine wässrige Spur. Die Häuser und Straßen zogen parallel an ihm vorbei, jedoch nicht schnell genug, damit ihre Formen sich verzerren konnten.

Er mochte dieses Wetter. Der Regenduft entspannte ihn und ließ ihn all seine Sorgen für einen kurzen Moment vergessen. Die meisten Menschen würden es vorziehen, bei diesem Regen in ihrer warmen und trockenen Wohnung zu bleiben, doch er nutzte die Gelegenheit, um raus zu gehen um einen klaren Kopf zu bekommen. So wie heute.

Eigentlich wollte er mit der Straßenbahn zu einem Park fahren, doch in diesem Abteil entschied er sich um.

Er blieb auf seinem Sitz und seine Gedanken kreisten um diese Begegnung. Einen Tag zuvor sah er diese bildhübsche Frau in einem Cafe. Sie saß alleine an einem Tisch und war vertieft in ihr Buch. Ihr schulterlanges Haar war nach hinten gekämmt und zusammengebunden. Die Lesebrille mit dem dicken Kunststoffrand verlieh ihren weichen Gesichtszügen einen Hauch von Professionalität und Strenge.

Sein Blick ruhte auf ihr. Sie hob ihren Kopf und sah kurz auf. Ihre Augen waren eisblau und wurden von dunklen, langen Wimpern umrandet.

Er war sich sicher, sie hatte ihn bemerkt. Sein Tisch befand sich genau in ihrem Blickfeld und außerdem waren kaum Gäste in dem Cafe. Dass er sie anstarrte, war kaum zu übersehen.

Es war das erste Mal seit langer Zeit, dass er auf eine Frau aufmerksam wurde. Er hatte sich schlicht und ergreifend einfach nicht für andere Frauen interessiert. Oder doch?

Die junge Frau erhob sich und ging in seine Richtung. Sie streifte ihn im Vorbeigehen und ließ einen kleinen Zettel neben seiner Tasse liegen. Ein leichter Jasminduft hüllte ihn ein.

Auf dem Papier war eine Telefonnummer gekritzelt. Überrascht drehte er sich um und sah der Frau nach. Ihre schlanke Silhouette entfernte sich und sie war in der Menge verschwunden.

Jetzt, sitzend in dem dunklen Abteil, überlegte er, ob er diese Nummer wählen sollte. Eigentlich gehörte es sich nicht, sowas zu tun. Er war ein anständiger und ehrlicher Mann. Wieso war er nicht zu ihr hingegangen und hatte ein Gespräch mit ihr angefangen? Dann wäre jetzt alles ein wenig einfacher. Er verfluchte sie, weil sie das Cafe so schnell verlassen musste. Und weil sie genau wusste, was er wollte. War es denn so leicht, seine Blicken zu durchschauen?

Sein Handy vibrierte erneut und Mona erschien wieder auf dem Display. Dieses Mal hebte er ab.

"Hallo Schatz", sagte er.

"Hey, na alles klar?", fragte Mona

"Ja, alles klar. Ich bin gerade in der Straßenbahn. Was gibt's denn?"

"Ich bin gerade noch in der Arbeit, und ich wollte dir nur sagen, dass ich heute früher rauskomme. Ich werde uns heute Abend was kochen.", antwortete seine Freundin. Sie fühlte sich schlecht, da sie in letzter Zeit kaum zu Hause war. Eine Beförderung stand ihr unmittelbar bevor und sie wollte ihrem Chef unbedingt zeigen, dass sie für diesen Job mehr als geeignet und qualifiziert war. Das Paar hatte sich davor abgesprochen und er war mit ihrer Abwesenheit einverstanden. Sogar den Haushalt hatte er allein geschmissen ohne sich zu beschweren. Doch sie befürchtete, dass 3 Monate vielleicht zu lang gewesen waren.

"Oh, das ist ja super. Brauchst du noch was vom Supermarkt? Ich kann es mitbringen", bot er sich an.

"Nein, nein ist schon in Ordnung, ich komme früh genug, ich werde einkaufen gehen. Schließlich hast du die letzten Monate schon alle Einkäufe erledigt.", erwiderte sie. Ihre Stimme klang fröhlich.

Er legte auf und seufzte. Die Telefonnummer kann noch warten, beschloss er.

In der Zwischenzeit war der Regen stärker geworden. Mit dem Zettel in der Hand verließ er die Straßenbahn und lief zu einem naheliegenden Blumenladen. Vor dem Laden bemerkte er, dass der Zettel aufgrund der Nässe zerrissen worden war und dass die Telefonnummer kaum noch zu erkennen war.

"Was soll's, vielleicht ist es besser so", murmelte er und warf den Zettel auf den Boden.

Er entschied sich einen Blumenstrauß für Mona zu kaufen; schließlich bekam er doch Gewissensbisse. Er mochte den Regen, aber nicht das

Gewitter, das ausgebrochen worden wäre, wenn er diese Telefonnummer gewählt hätte.

Beim Betreten des Blumenladens umgab ihn ein zarter Jasminduft.

Braun gebrannt am Sandstrand

Sonne, Strand und mehr

von Luzie Huber

Sabrina ist meine beste Freundin seit ich denken kann. Und seitdem waren wir zwei jedes Jahr in den großen Ferien im Sommer bei Sabrinas Tante.

Cecilia, ist eigentlich nicht Sabrinas Tante, aber wir nannten sie immer schon so. Sie besitzt ein riesiges Haus, das an einem einsamen Strand am Meer liegt. Als wir jung waren dachten wir immer das Haus wäre ein Schloss, da es so groß und verwinkelt ist. Wir wohnen bei Tante Cecilia immer in einem Turmzimmer, von dem aus man einen wundervollen Ausblick auf den Sandstrand hat. Zum Schlafen haben wir ein riesiges Himmelbett. Das Haus hat einfach etwas Magisches an sich. Als Kinder haben Sabrina und ich verstecken gespielt oder das Haus nach geheimen Türen oder Verstecken durchsucht. Dabei sind wir tatsächlich auf einen geheimen Raum gestoßen, den man durch eine Tür hinter einem Wandteppich im Lesezimmer erreicht. Da dieses Zimmer früher nur von Cecilias Mann als Büro benutzt wurde, kam Cecilia auch nie in diesen Teil des Hauses. Somit war das unser Versteck. Was der Mann von Sabrinas Tante dort gemacht hatte, bevor er gestorben war, wussten wir nicht. Cecilia konnten wir auch nicht fragen, da sie nicht über ihn redete. Überhaupt redete Cecilia nicht viel über ihre Vergangenheit. So hatten Sabrina und ich angefangen, uns verschiedene Geschichten über das Leben von Cecilia und ihrem Mann auszudenken. Mittlerweile rankten sich tausende Mythen um Tante Cecilia und ihr Leben.

Auch heuer fuhren wir zwei zusammen mit dem Zug zu Sabrinas Tante. Cecilia holte uns am Bahnhof ab und alles war wie immer. Sofort am ersten Tag gingen wir an den Strand, sprangen in die brausenden Wellen und bräunten uns am Strand. Als wir am Strand entlang gingen und Muscheln aufsammelten, entdeckte meine Freundin etwas Merkwürdiges im Sand. Wir traten näher, buddelten den Sand weg und hielten einen Knochen in der Hand. Wir waren zu neugierig, um nicht weiter zu suchen. Also gruben wir eine Weile und hatten am Schluss eindeutig einen menschlichen Körper ausgegraben. Sabrina hielt den Kopf in der Hand und starrte ihn an, dann sah sie mich an und wir beide wussten, dass dieser Mensch nicht eines normalen Todes gestorben war.

Als wir uns von dem Schock erholt hatten, beschlossen wir gemeinsam herauszufinden was hier passiert war. Wir erzählten niemandem etwas von der Leiche, sammelten alle Überreste in eine Mülltüte zusammen und schlichen uns in unser Versteck in Cecilias Haus. Dort verstauten wir den Müllsack und gingen zurück in den Lesesaal von Cecilias Mann. Wir hatten keinerlei Anhaltspunkt und wussten nicht, wo wir anfangen sollten.

Auf dem Weg in unser Zimmer belauschten Sabrina und ich ein Telefonat von Cecilia. Sabrinas Tante war völlig aufgebracht, fluchte und schimpfte über den Sturm der letzten Nacht. So kannten wir sie gar nicht. Nach dem Gespräch ging Tante Cecilia an den Strand, lief dort auf und ab und schien etwas zu suchen. Ich sah meine Freundin an und wusste, dass wir das gleiche dachten. Wir rannten die Treppe hinauf und betraten zum ersten Mal in unserem Leben Cecilias Zimmer. Sie hatte uns schon als kleine Kinder eingeschärft ihr Zimmer ja nicht zu betreten. Jetzt sahen wir uns um und stürzten uns auf den Schreibtisch, der vor dem Fenster stand. Wir rissen die Schubladen auf und wurden schnell fündig. Ein Brief von einer Frau Müller – im Briefumschlag fanden wir Fotos von einem knutschenden Paar. Sabrina und ich erkannten den Mann auf den Fotos sofort, es war derselbe Mann der auf einem Gemälde in unserem Versteck war – Cecilias verstorbener Ehemann mit einer jungen Frau, die eindeutig nicht Cecilia war.

Die dritte Brautjungfer

von Melina Hager

Es ist Samstagabend. Heute ist der große Tag meines besten Freund Stefan. Heute wird er endlich an den Altar treten und seine wunderschöne Chrissy zur Frau nehmen. Und ich bin dritte von den vier Brautjungfern.

Ich schlüpfe in mein bezaubernd schönes Chanelkleid. Es hat einen leichten rosé Ton und betont wunderbar die weiblichen Züge.

Ich betrachte mich noch einmal fertig im Spiegel, als auch schon mein Handy klingelt und das Antreffen meines Chauffeurs mitteilt.

Als ich auf der Hochzeit eintreffe bin ich überwältigt. Stefan hat einen ganzen Strandabschnitt für die Hochzeitsgesellschaft gemietet. Es ist Atemberaubend. Der Eingang wird durch einen riesigen beblümten Torbogen definiert. Dahinter führt ein Weg in Richtung Meer entlang, der von leuchtenden fackeln umrandet wird.

Links und rechts neben dem Weg stehen weiße Tischchen mit jeweils sechs dazu passenden Stühlen. Unten am Meer befindet sich eine Bühne, auf der ein weiterer Torbogen, mit Christrosen steht. Dahinter befindet sich ein schlichter, weißer Altar mit Rosen bedeckt.

Ein Stück neben dieser Bühne ist eine kleine Kapelle aufgebaut, in der die Band auf ihren Auftritt wartet. Als alle Gäste ihre Plätze eingenommen haben, fängt die Musik an zu spielen und die Trauung beginnt.

Nach der Eheschließung geht es mit einer wilden Feier weiter. Die Sektpyramiden leeren sich in kürzester Zeit und der Alkoholpegel der Geste steigt.

Alle tanzen mit ihren Partnern zur Musik der Band, nur ich als Single sitze an meinem Platz und starre aufs große, weite Meer hinaus. Während mein Blick über den Horizont schweift, merke ich eine Bewegung neben mir. Ein junger, braungebrannter Mann setzt sich neben mich auf dem Stuhl und sagt: „Überwältigender Anblick nicht wahr?". Ich nicke überrascht und blicke ihm in die funkelnden dunkelbraunen Augen.

„Darf ich Sie um einen Tanz bitten, Miss?", fragt er mich mit einem charmanten grinsen auf den Lippen. Ich nicke wieder, er nimmt meine Hand und führt mich auf die Tanzfläche. Ein langsamer Walzer wird angestimmt, er zieht mich näher an sich heran, sodass sich unsere Körper berühren und wir beginnen uns im Takt der Musik zu bewegen. Seine Bartstoppel kitzelt an meiner Backe, als er seinen Kopf an mein Ohr beugt und sein süßer Duft überwältigt mich. „Dürfte ich nach Ihrem Namen fragen, Miss?", fragt er mich mit weicher Stimme. „Ja das dürfen sie sehrwohl, Sir. Mein Name ist Susi. Und darf ich auch nach Ihrem Namen Fragen, Sir?", frage ich und betone das „Sir", worauf er mit einem Grinsen antwortet: „Ich hätte nicht gedacht, dass Sie noch eine Silbe mehr, als ihren Namen herausbringen, Miss. Aber es gefällt mir Sie sprechen zu hören". Mit einem Ruck zieht er mich von der Tanzfläche und führt mich zur Strandbar. Mein Herz rast. „Sie haben bestimmt einen rießen Durst Susi. Darf ich Sie auf einen Drink einladen?", fragt er mich einem leichten Schmunzeln. „Der Name war gleich nochmal, Sir?", kontere ich geschickt. „Mein Name ist Thomas Stievenson, Miss", antwortet er bestellt uns zwei Cocktails, wir gehen ans Meer hinunter und setzten uns in den warmen, feinen Sand.

Er legt mir den Arm um die Schulter und zieht mich mit einem Ruck an sich heran. In meinem Bauch fängt es an zu kribbeln. Ich fühle mich wie ein 13 jähriges Mädchen. Er sieht mich mit seinen wunderschönen Augen an und ein funkeln blitzt in ihnen auf. Er nimmt mein Gesicht in seine Hand und meine Haut brennt an den Stellen wo er sie berührt. Langsam fährt er mir durch die Haare, packt sie und zieht meine Kopf ruckartig nach hinten, sodass ich gezwungen bin in den Himmel zu sehen. Er küsst mich an meinem Hals und meine Haut brennt. Mein Körper wird von Reizen überflutet, als er anfängt mit der Hand meinen Rücken hinunter zu gleiten. „Sie sind wunderschön, Mrs. Brautjungfer!", flüstert er zwischen seinen Liebkosen. Mir entfährt ein leises Stöhnen, als er zärtlich in mein Kinn beißt. Vorsichtig lässt er meine Haare los und dreht meinen Kopf in seine Richtung. Seine weichen Lippen streifen über meine Wangen und sein Bart kitzelt mein Gesicht. Er wandert langsam über meine Wangenknochen herunter zu meinen Lippen. Mein Körper scheint vor Anspannung zu zerspringen. Mein Gesicht brennt von seinen Berührungen und mein Bauch kribbelt vor Aufregung. Seine Lippen berühren meine. Ganz sanft. Das Knistern zwischen uns ist fast zum Greifen nahe. Mein Herz pocht. „Sie sind so Wunderschön Susi.", flüstert er und seine Lippen bewegen sich beim Sprechen über meine, „Viel schöner als die Braut selbst." Die Augen, in die ich blicke funkeln mich vor erlangen an und scheinen in der Dunkelheit zu leuchten. Die Welt explodiert, als dieser wunderschöne, braun gebrannte Mann mit den dunkelbraunen Augen mich zu Küssen beginnt und doch scheint sie für eine lange romantische Ewigkeit still zu stehen.

„Es sind die Begegnungen mit Menschen, die das Leben lebenswert machen!"

-Guy de Maupassant

www.tredition.de

Über tredition

Der tredition Verlag wurde 2006 in Hamburg gegründet. Seitdem hat tredition Hunderte von Büchern veröffentlicht. Autoren können in wenigen leichten Schritten print-Books, e-Books und audio-Books publizieren. Der Verlag hat das Ziel, die beste und fairste Veröffentlichungsmöglichkeit für Autoren zu bieten.

tredition wurde mit der Erkenntnis gegründet, dass nur etwa jedes 200. bei Verlagen eingereichte Manuskript veröffentlicht wird. Dabei hat jedes Buch seinen Markt, also seine Leser. tredition sorgt dafür, dass für jedes Buch die Leserschaft auch erreicht wird

Autoren können das einzigartige Literatur-Netzwerk von tredition nutzen. Hier bieten zahlreiche Literatur-Partner (das sind Lektoren, Übersetzer, Hörbuchsprecher und Illustratoren) ihre Dienstleistung an, um Manuskripte zu verbessern oder die Vielfalt zu erhöhen. Autoren vereinbaren unabhängig von tredition mit Literatur-Partnern die Konditionen ihrer Zusammenarbeit und können gemeinsam am Erfolg des Buches partizipieren.

Das gesamte Verlagsprogramm von tredition ist bei allen stationären Buchhandlungen und Online-Buchhändlern wie z. B. Amazon erhältlich. e-Books stehen bei den führenden Online-Portalen (z. B. iBook-Store von Apple) zum Verkauf.

Seit 2009 bietet tredition sein Verlagskonzept auch als sogenanntes "White-Label" an. Das bedeutet, dass andere Personen oder Institutionen risikofrei und unkompliziert selbst zum Herausgeber von Büchern und Buchreihen unter eigener Marke werden können.

Mittlerweile zählen zahlreiche renommierte Unternehmen, Zeitschriften-, Zeitungs- und Buchverlage, Universitäten, Forschungseinrichtungen, Unternehmensberatungen zu den Kunden von tredition. Unter www.tredition-corporate.de bietet tredition vielfältige weitere Verlagsleistungen speziell für Geschäftskunden an.

tredition wurde mit mehreren Innovationspreisen ausgezeichnet, u. a. Webfuture Award und Innovationspreis der Buch-Digitale.

tredition ist Mitglied im Börsenverein des Deutschen Buchhandels.

Zeitfracht Medien GmbH
Ferdinand-Jühlke-Straße 7
99095 Erfurt, Deutschland
produktsicherheit@kolibri360.de